Christamaria Fiedler

Risotto criminale!

oder

Dinner für den Dieb

Thienemann

1

An diesem Morgen würden sie zu spät kommen. Das war klar wie Kloßbrühe.

Ungeduldig sah Isy auf ihre Uhr. In einer Viertelstunde begann der Unterricht. Amanda aber saß seelenruhig auf ihrem neuen Spielzeug, einem Hometrainer mit weiß lackiertem Giraffenhals und strampelte, als ginge sie das überhaupt nichts an.

»Weißt du, wie spät es ist?«

»Weißt du, wie viele Kalorien ich schon verbraucht habe?«

»Weißt du, dass in fünfzehn Minuten Deutsch beginnt?«

»Weißt du, dass das Symbol für die Kalorien ein Burger und für meinen Speed ein Hase ist?« Fasziniert starrte Amanda auf den Trainingscomputer.

»Weißt du, dass du dich von nun an morgens selber abholen kannst?«

Wütend wandte sich Isy zur Tür. Das war ja voll peinlich mit der. Amanda war eine richtige Trödeltante geworden!

Plötzlich musste sie morgens noch Kartoffelsalate abschmecken, ihre Nägel lackieren, die Cartwrights auf Pro 7 sehen oder Prinz William aus der Morgenzeitung schnippeln.

Ständig erreichten sie das Klassenzimmer nur noch keuchend und mit Seitenstichen im letzten Augenblick, wo sie dann beinahe mit dem jeweiligen Lehrer zusammenstießen.

»Halt! Warte doch!« Schmollend rutschte Amanda

von ihrem Sportgerät. »Jetzt hab ich noch nicht mal meine Fitnessnote erfahren!«

Sie lief in die Diele, griff Jacke und Lederbeutel und beeilte sich Isy noch im Lift zu erwischen. Stumm glitten sie ins Erdgeschoss.

Die verspiegelte Rückwand des Aufzugs zeigte ein kräftiges blondes Mädchen mit einer verschwitzten lila Strähne im Pony und einem großen lustigen Mund, das eilig seine Jackenknöpfe schloss, und daneben eine zierliche Brünette mit langen Jeansbeinen und einem widerspenstig gekrausten Pferdeschwanz. Sie hätte hübsch ausgesehen, wenn sie nicht so beleidigt in die Luft gestarrt hätte.

Erst als sie auf die Straße traten, brach Isy das unbehagliche Schweigen.

»Wenn es an der Kreuzung Grün ist, könnten wir es schaffen!«

Aber wann war es schon jemals Grün, wenn man es dringend brauchte?

Es war ein frischer Morgen mit einem Himmel wie aus trübem Glas und sie rannten zwei Straßenzüge hinunter, doch als sie an die bewusste Kreuzung kamen, sprang die Ampel boshaft auf Rot.

»Da hast du's!« Grimmig wandte sich Isy zu Amanda, aber die Freundin, die eben noch neben ihr geschnauft hatte, war einige Meter zurückgeblieben und sprach keuchend in das Mikrofon einer Reporterin.

»Komm her!«, rief sie, als sie sah, dass Isy sich nach ihr umgedreht hatte. »Es ist … der Berliner Rundfunk! Sie haben heute Morgen ein Meckermikrofon! Man kann alles sagen … was einem stinkt. Es wird gesendet!«

»Und was stinkt dir?«, fragte die Reporterin.

»Die ganze Schule!«, trompetete Amanda über die

Kreuzung. »Besonders dieser irre Stress am Morgen! Ich fordere gleitenden Schulbeginn!«

»Du hältst also eine Schulreform für unumgänglich?«, stellte die Rundfunkfrau fest und tauschte Zeichen mit den Kollegen im Übertragungswagen aus.

»Absolut!«, bestätigte Amanda mit erhitzten Backen.

»Und wie heißt du?«

»Amanda Bornstein! Und das ist meine Freundin Isolde!«

Da aber hatte Isy schon ihren Arm gepackt, um sie über die Fahrbahn zu zerren.

»Komm endlich! Es ist Grün!«

»Ich grüße die Siebte!«, schrie Amanda. »Und unseren Lehrer Dr. Trisch! Und Saskia und Binette!«

Dann waren sie auch schon auf der anderen Straßenseite und setzten zum Endspurt an.

Als sie völlig ausgepumpt den Klassenraum betraten, war Dr. Trisch gerade dabei, die Diktathefte zu verteilen.

»Spät kommen sie, aber sie kommen!«, begrüßte er sie bei ihrem Eintritt spöttisch. »Vielleicht sollten wir uns in der Mittagspause mal ein bisschen intensiver über das Thema ›Pünktlichkeit‹ unterhalten?«

»Wir sind unschuldig!«, japste Amanda und presste ihre Hand gegen die Rippen. »Wir mussten ... erst noch ... ein Interview geben!«

Einige Schüler begannen zu kichern.

»Das stimmt!«, bestätigte Isy. »Der Rundfunk hatte an der Kreuzung ein Meckermikrofon aufgebaut. Amanda sollte etwas sagen.«

Nun lachte die ganze Klasse.

Dr. Trisch lachte nicht. Aber er sah neugierig aus. »Tatsächlich? Und was hat sie gemeckert?«

»Sie hat alle grüßen lassen!«, sagte Isy wahrheitsgemäß und setzte sich an ihren Platz, wo schon ihr Diktatheft lag.

Amanda musste noch zwei Reihen weiter, bis zu Saskia mit den grünen Haaren, neben der sie seit jenem Tag nach den Winterferien saß, an dem Trischi sie beide endgültig wegen ständiger Quasselei auseinander gesetzt hatte.

Hoffentlich war Amanda jetzt schlau genug die Klappe zu halten und nicht wieder von ihrem neuen Lieblingsthema mit der gleitenden Schulzeit anzufangen.

Seit Amanda vor drei Jahren aus Nürnberg zu ihnen in die Ostberliner Klasse gekommen war, hatte sie manche Kostprobe ihres Dickschädels abgegeben.

Leider ahnte die Freundin von Isys Befürchtungen nichts. Niemand schien sie davon abhalten zu können, an diesem Morgen eine bildungspolitische Revolution zu starten. Flugs war es heraus und sie konnte stolz verbuchen die gesamte Siebte auf einen Schlag in Sprachlosigkeit versetzt zu haben.

Gleitende Arbeitszeit in der Schule? War das ein Witz? Wie sollte das gehen?

»In der Zeitung stand, dass es eine Schule bei Berlin gibt, die das gepackt hat!«, versicherte Amanda. »Außerdem sagen amerikanische Ärzte, dass Lernen vor 9 Uhr morgens ungesund ist. Es hängt mit dem Schlafhormon zusammen.«

Zufrieden mit dem, was sie angerichtet hatte, rutschte sie in die Bank zurück. Und tatsächlich: Alles um sie herum wurde lebendig. So eine Schule gab es wirklich? Warum musste ihnen das ausgerechnet diese Bratwurst aus Nürnberg verklickern? Und was, zum Teufel, war denn ein Schlafhormon?

In den Köpfen der Siebten begann die neue Schule vorsichtig Gestalt anzunehmen. Morgens länger im Bett bleiben? Frühstücksfernsehen gucken, statt sein Brötchen hinunterzuwürgen und im Morgengrauen zur Schule zu hetzen? Kein Wunder, dass das ungesund war!

Es war klar, dass nach diesem stürmischen Auftakt einige Leute in der nächsten Viertelstunde versuchen würden das Diktat mit einer Salve von Fragen abzuschießen. Von mir aus, dachte Isy. Diktate machten sowieso null fun.

Auch Dr. Trisch schien den Braten zu riechen. Eilig gab er zu, dass das Schulsystem auch seiner Meinung nach einer Veränderung bedürfe. Ob sich das aber mit dem gleitenden Schulbeginn organisatorisch realisieren ließe – dazu würde man den Erfahrungsaustausch mit Schulen benötigen, die das Experiment bereits gewagt hatten.

»Auf alle Fälle haben wir uns schon Gedanken gemacht! Dazu heute nur so viel; große Ereignisse werfen auch an unserer Schule ihre Schatten voraus! Vielleicht schon in der nächsten Woche.« Nach dieser geheimnisvollen Ankündigung sah er besorgt auf die Uhr. »Und jetzt, Ladys und Gentlemen, bitte ich darum, die Diktathefte aufzuschlagen!«

Sofort durchbohrten mindestens sechs Zeigefinger die Klassenzimmerluft. Alle platzten plötzlich vor Fragen.

»Heißt das, dass wir die versprochene Schülerzeitung kriegen?«

»Wird endlich ein Getränkeautomat aufgestellt?«

»Kann man seine Haustiere mitbringen?«

Tannhäuser aber, der eigentlich Reginald Häuser hieß und den Spitznamen seiner Liebe zu Wagneropern und diese wiederum seiner Musikerfamilie zu verdanken hatte, setzte allem die Krone auf.

«Ich schlage vor, dass wir uns duzen!«, bot er dem Lehrer an.

»Aber ich duze dich doch schon seit Jahren!«, wunderte sich Dr. Trisch. »Wo ist das Problem?«

Endlich schien auch er zu kapieren, dass heute nicht sein Tag war. Schweigend musterte er seine Lieben. Ach, wie er sie durchschaute! Dann ging er daran, den Rest der verkorksten Stunde dem Thema »Lernrevolution« zu opfern.

Zuerst erklärte er seinen Schülern, dass es unter den hiesigen Lehrern, wie überall auf der Welt, Befürworter und Gegner von Computern im Klassenzimmer gäbe. Computer fesselten die Schüler zu sehr an den Stuhl, sie schränkten ihre natürliche Bewegungsfreiheit ein und beraubten sie ihrer Kreativität, klagten die einen. Junge Leute müssten lernen in komplexen Systemen zu denken, sonst würden sie die zukünftigen Probleme der Welt nicht meistern können, gäben die anderen zu bedenken. Allen aber sei letztlich klar, dass die Wettbewerbsfähigkeit eines Landes weder in der Fabrikhalle noch im Forschungslabor beginne.

»Sie beginnt im Klassenzimmer! – Es ist eine Tatsache«, betonte der Lehrer, »dass sich das Weltwissen, also die Gesamtheit aller aufgezeichneten Daten, explosionsartig vermehrt. Informatiker schätzen, dass es sich alle fünf Jahre verdoppelt!«

Er machte eine kleine Kunstpause, bevor er fortfuhr: »Es geht um eine neue Lernkultur und ihr werdet an dieser Schule mit zu den Ersten gehören, die davon profitieren!«

Seinen Worten nach waren sie wirklich außerordentliche Glückspilze! Mit Beginn des neuen Schuljahres würde die Schule nicht nur über einen zeitgemäßen Computerraum verfügen, sondern sogar über das Internet Kontakt mit einer Schule in den USA halten.

Mittels einer Mailbox, einem elektronischen Briefkasten, der sich nachts mit den abrufbaren Daten aus dem fernen Amerika, beziehungsweise aus Europa füllte, würden Gleichaltrige beider Erdteile täglich miteinander kommunizieren können.

Trischi neigte in seinem Rollkragenpullover den Kopf vor wie ein schwarzer Raubvogel. Er beobachtete sie gespannt, als lauere er auf ein Zeichen ihres Entzückens.

Rollkragenpullis trug er am liebsten und manche Mädchen behaupteten, dass er damit seine Knutschflecke verberge.

»Die Computersprache ist bekanntermaßen Englisch und unsere Partnerschule steht in Philadelphia!«, schloss er den Bericht.

Sofort stürmte ein Schwall Fragen auf ihn ein. Die meisten wollten natürlich wissen, wo genau Philadelphia lag. So weit Isy sehen konnte, waren alle von dem Projekt begeistert. Allen voran Amanda, die einen eigenen PC besaß und in Englisch die Nase vorn hatte. Konnte es besser für sie laufen?

Nachdem Trischi erklärt hatte, dass Philadelphia die Hauptstadt von New Jersey an der Ostküste der USA war, erfuhren sie, dass die Schule in den kommenden Tagen zu einem Wettbewerb unter den Schülern um den besten Eröffnungsbeitrag aufrufen würde. Die Aufgabe bestand darin, in kleinen Teams den amerikanischen Schülern nach freier Wahl ein Stück Berlin in Text und Bild vorzustellen. Mit dem besten Beitrag sollte zu Beginn des neuen Schuljahres die Computerverbindung zwischen den Schulen feierlich eröffnet werden.

»Informiert euch nächste Woche am schwarzen Brett!«, forderte der Lehrer. »Da findet ihr alles, von Textumfang bis Abgabetermin. Und den Preis für das Siegerteam!«

Was? Einen Preis gab es auch? Erregt begannen alle

durcheinander zu reden, aber Dr. Trisch hob mit dem einsetzenden Klingelzeichen die Arme und winkte energisch ab.

»Schluss! Von mir erfahrt ihr nichts mehr! Eine Woche Geduld!«

2

Am Montag stand es am schwarzen Brett. Die Teilnahme war freiwillig. Der Abgabetermin Ende Mai. Der erste Preis war eine Reise in das Computer- und Logistikzentrum von Philadelphia!

»Philadelphia!«, flüsterte Amanda. Im Halbdunkel des Schulflures leuchteten ihre Augen vor Erregung. »Du und ich in den Staaten! Das wär die Erfüllung!«

Mehr noch, dachte Isy, es wäre einfach galaktisch!

Die vor dem Aushang versammelten Schüler begannen sofort Berlin aufzuteilen wie einen Kuchen. Jeder wollte das beste Stück. Sie balgten sich beinahe um das Brandenburger Tor, die Siegessäule, den Wasserklops oder den Funkturm. Saskia und Binette entschieden sich für den Märchenbrunnen im Friedrichshain, Richard und Holger für den Fernsehturm und Tannhäuser erklärte nuschelnd die Staatsoper für sein Gebiet.

»Wir nehmen den Zoo!«, rief Isy, bevor ihnen ein anderer diesen Leckerbissen wegschnappen konnte. »Amanda und ich nehmen den zoologischen Garten!«

»Was sollen wir denn im Zoo?«, quengelte Amanda. »Wir nehmen das Schloss!«

»Ich will aber kein Schloss!«

»Und ich keinen Zoo!«

»Dann nimm doch dein Schloss!«, sagte Isy wütend. »Meinst du, ich schaffe den Zoo nicht allein?«

Die letzte Stunde dieses Tages war Sport. Eine Viertelstunde später saßen sie bereits in der S-Bahn und fuhren gemeinsam in den zoologischen Garten.

Isy hätte wetten können, dass Amanda mitkommen

würde. Warum sollte Amanda etwas gegen den Zoo haben? Sie hatte nur etwas dagegen, wenn man über sie bestimmte. Isy wusste, dass sie dazu neigte, die manchmal etwas schwerfällige Freundin zu überrennen. Aber hätte ihnen vielleicht ein anderer den Zoo vor der Nase wegschnappen sollen?

»Was hältst du davon, wenn wir zuerst zum Direktor gehen und ihm von unserem Schulprojekt erzählen? Wir brauchen nämlich eine Art Sondererlaubnis, damit wir nicht jedes Mal die drei Mark an der Kasse löhnen müssen!«, schlug sie vor.

Zwar konnten die Berliner Schüler die Tiergärten der Stadt schon zu einem besonders günstigen Preis nutzen, aber bestimmt läpperte sich bei ihnen demnächst allerhand zusammen.

Amanda nickte zerstreut. Sie hatte sich am Kiosk ihre Lieblingszeitschrift geholt und verfolgte nun die aktuellen Nachrichten über das englische Königshaus. Ihr neuester Schwarm war Prinz William, der sogar über ihrem Kopfkissen hing.

Anfangs hatte Isy Amandas Interesse an königlichem Klatsch verblüfft. Schließlich hatte es in der DDR höchstens Bienenköniginnen gegeben. Für sie gehörten Prinzen und Prinzessinnen ins Märchenbuch.

Neugierig spähte sie durch die beschlagenen Scheiben. Regenschauer, die seit dem frühen Morgen auf die Stadt niedergeprasselt waren, ließen Straßen und Dächer feucht glänzen.

Als die Umrisse der Siegessäule ihren Blicken entschwanden und die Bäume und Büsche des Tiergartens immer mehr auf die eleganten Boulevards der City zuzuwachsen schienen, tippte sie der Freundin auf die Schulter. »Aussteigen!«

Obwohl Amanda lässig behauptete, das sei noch gar nichts gegen Manhattan, verschlugen der brausende

Verkehr und das Menschengewühl vor dem berühmten Bahnhof auch ihr jedes Mal den Atem. Schließlich war sie selbst noch nicht in New York gewesen. Sie wusste das bloß von ihrem Vater, den sie Dad nannte.

»Löwen- oder Elefantentor?«, fragte Isy auf dem kurzen Weg zum Zoo. Sie entschieden sich für den Eingang »Elefantentor«. Er lag näher am Aquarium.

»Wir möchten zum Direktor!«, informierte Isy die grauhaarige Frau an der Kasse. Die blinzelte durch die gläserne Trennwand. »Seid ihr angemeldet?«

Stumm schüttelten sie die Köpfe.

»Ohne Anmeldung geht nichts!« Die Kassiererin nannte den Schülerpreis und schob ihnen die Eintrittskarten hin. Das Computerprojekt drohte teuer zu werden.

»Wir hätten Schloss Charlottenburg nehmen sollen!«, beharrte Amanda. »Das sind hier vielleicht Preise!«

»Denkst du, dein Schloss ist umsonst? Wir reden mit Trischi. Die Schule muss die Sondererlaubnis beantragen!«, erklärte Isy.

Dann schnupperte sie zufrieden die frische Luft. Die wenigen Besucher an diesem feuchten Vorfrühlingstag gehörten sicher zum harten Kern der Fangemeinde. Auch die Tiere machten sich rar. Isy sah zwar wie gewohnt Hirschziegen und Antilopen in ihren Gehegen weiden, aber ein paar Schritte weiter, auf der Insel im kleinen See, an dessen Ufern im Sommer die Weiden ihr dichtes grünes Asthaar ins Wasser tauchten, fehlten die rosa Farbtupfer der Flamingos im Bild. Für sie war es um diese Zeit draußen noch zu kalt.

»Was hältst du davon, wenn wir erst einmal alle Tiere, die wir interessant finden, aufschreiben?«, schlug Isy vor. »Auswählen können wir dann später!«

»Und wer schreibt?«

»Du! Du musst es ja auch in deinen Computer übertragen!«

»Immer ich!«, grollte Amanda. »Übrigens, hast du deine Eltern endlich wegen der Sprachreise gefragt? Wenn wir uns nicht bald anmelden, sind die Plätze belegt.«

Da brauchte sie ihre Eltern gar nicht erst zu fragen, dachte Isy. Dieser Schnupperkurs für Anfänger in London war viel zu teuer. Einen solchen Luxus konnte sie sich vielleicht leisten, wenn ihre Mutter wieder Arbeit hatte. Amanda würde allein fahren müssen. Aber die hatte ja in London auch eine Scharte auszuwetzen. Als sie vergangenes Jahr ihren Vater für einen Tag nach London begleitet hatte, war sie während seiner Konferenz sofort losgestürzt, um der Queen oder einem anderen ehrenwerten Mitglied der königlichen Familie die Hand zu schütteln. Leider war ihr Englisch missverständlich gewesen und das Taxi hatte sie statt vor dem Buckingham-Palast vor der Bank von England abgesetzt. Das sollte ihr nicht noch einmal passieren!

»Was hältst du von einem Sprachkurs in Philadelphia?«, fragte Isy zurück. »Fetzt noch mehr und kostet gar nichts!«

»Wer sagt dir denn, dass wir gewinnen?«, staunte Amanda.

Inzwischen waren sie am Aquarium angekommen, jenem weltberühmten, alten Gebäude, das im Berliner Zoo die Fische, Amphibien und Reptilien beherbergte, und schlüpften mit einer fröhlich schnatternden japanischen Reisegruppe hinein. Hier war es wenigstens warm.

Aufmerksam die Schilder studierend, schlenderten sie an deckenhohen Glaswänden vorbei, hinter denen sich Scharen von Fischen tummelten. Karpfen und schwerfällige Welse schwammen vorbei und Schollen, die in keine Bratpfanne passen würden.

Andere Aquarien boten andere Bilder; da schwebten weiße Quallen und Seeanemonen wie anmutige Tüllgebinde durch stille Wasserwelten und ein Riesenzackenbarsch erinnerte mit seinen gewaltigen Ausmaßen an ein vorsintflutliches Ungeheuer.

Isy liebte das pflanzenhafte Licht der Räume. Alle Geräusche wirkten hier seltsam gedämpft. Wenn man wollte, fühlte man sich ein bisschen wie in einem Traum.

Auch für andere Besucher schien das »Aquarium« eine Oase der Erholung zu sein. Entspannt saßen sie auf den Bänken und lasen oder strickten, wie die alte Dame mit dem grauen Löckchendutt und der pinkfarbenen Brille, die Amanda mit einer überraschend jugendlichen Stimme freundlich aufforderte ihre Sporttasche lieber nicht unbeaufsichtigt auf einem der freien Plätze zurückzulassen.

»Behalt deine Sachen lieber bei dir! Nicht jeder ist so ehrlich, wie er aussieht!«

Die Frau hatte Recht. Zögernd nahm Amanda die lästige Tasche wieder auf und sie zogen weiter, vorbei an bunt gemusterten Tropenfischschwärmen, deren ungewöhnliche Namen Amanda genauso gewissenhaft notierte wie die blütenhafter Korallen und filigraner Seepferdchen, die es in den benachbarten Becken zu bestaunen gab.

Lustiges war auch zu entdecken. Zum Beispiel die Löffelstöre mit ihren schwertförmig verlängerten Nasen, die, wie Amanda meinte, sich toll als Bratkartoffelwender eignen würden.

Der Höhepunkt des Rundgangs aber war der Weißspitzenhai, ein wahrhaft beeindruckender Bursche. Vielleicht hätte Isy ihn toll gefunden, aber ihr fiel bei seinem Anblick sofort der Horrorfilm vom Weißen Hai ein. Auch Amanda erschauerte.

Mit ihnen hatte sich eine Gruppe Gruftis vor dem Panzerglas des Beckens versammelt, die schwarzes Leder und Lack trug. Das einzige Mädchen sah total verschärft aus. Aus einem hübschen, kalkweiß geschminkten Gesicht lächelte es mit schwarz umrandeten Augen und einem schwarz bemalten Mund. Von den Gruftis erzählte man, dass sie sich in ihrer Freizeit auf Friedhöfen und in Kellergewölben trafen. Sie schmückten ihr Heim mit schwarzen Kerzen und Totenköpfen und manche von ihnen schliefen angeblich in einem Sarg.

Obwohl Isy nicht alles glaubte, fand sie es angenehm gruselig. Auch Amanda betrachtete die Gruppe fasziniert. Es passierte selten, dass man Gruftis in ihrem speziellen Outfit am helllichten Tage traf.

»Geile Klamotten!«, hauchte sie entzückt.

Inzwischen forderte einer der Gruftis, ein ziemlicher Riese mit blondem Irokesenschnitt, den sie Paul nannten, die Clique fröhlich auf, Marmelade zu sagen. Er hatte eine Kamera gezückt.

»Nein, lieber Cheese!«, rief das Mädchen und die Clique brüllte begeistert: »Cheese!«

»Ich verschwinde mal!«, teilte Isy Amanda mit und ging durch die stumme Gasse der Fische zurück, wo sie am Eingang eine Tür mit der entsprechenden Symbolik fand.

Als sie wieder bei Amanda eintrudelte, waren die Gruftis schon weitergezogen. Auch Amanda drängte heim. Sie behauptete nie wieder Fisch essen zu können, wenn sie noch länger im »Aquarium« verweilen müsste.

Isy willigte ein. Für den ersten Besuch sollte es genügen.

»War doch toll!«, zog sie zufrieden Bilanz, als sie auf dem vollen Bahnsteig auf ihren Nachhausezug warteten.

»Toll?«, murrte Amanda. »Was ist denn an langweilig toll? Was willst du denen in Philadelphia denn erzählen? Alles über das Liebesleben der Löffelstöre?«

Hatte man dafür Töne? Der spukte wohl noch immer ihr Schloss im Kopf herum?

Gerade als Isy der Freundin mitteilen wollte, dass es in diesem Zoo außer Löffelstören noch mindestens hunderttausend andere Tierarten gab, schrie Amanda plötzlich auf: »Da! Meine Tasche hat sich eben bewegt!«

Mit bebendem Finger zeigte sie auf die Sporttasche, die zwischen ihnen stand.

Irritiert sah Isy auf Amandas Sportbag. »Spinnst du?«

»Und ich sage dir, sie hat sich bewegt!«, wiederholte die Freundin störrisch und riss den Reißverschluss auf.

Im nächsten Moment schoss etwas Dunkles, Langhaariges aus der Tasche und klammerte sich an ihr fest.

Es sah ganz so aus, als wäre ihr Besuch im Zoo doch nicht so langweilig verlaufen, wie Amanda gerade festgestellt hatte.

3

»Amanda ist heute etwas Gigantisches passiert!«, berichtete Isy, eingehüllt in den warmen Duft von gebratenem Speck, am Abendbrottisch. »Habt ihr schon mal einen Affen in eurer Tasche gehabt?«

Einen Moment lang genoss sie das Erstaunen der Familie, bevor sie von diesem ereignisreichen Tag zu berichten begann. Von der Ankündigung des Hauptpreises am schwarzen Brett bis zu dem Augenblick, als Amanda plötzlich den fremden Affen auf dem Arm gehalten hatte.

»Natürlich hat sie einen Wahnsinnsschreck gekriegt! Und ich erst! Wow!«

»Möglicherweise ist das Tier irgendwo in Amandas Tasche geklettert?«, fragte die Mutter, die ziemlich praktisch veranlagt war. »Wart ihr vielleicht im Affenhaus?«

»Nee, im Aquarium. Theoretisch hätte sie einen Fisch in der Tasche haben müssen! Außerdem ist es gar nicht Amandas Tasche!« Isy seufzte. »Wir haben es erst später gemerkt. Ihre ist dunkelblau, diese ist schwarz. Und jetzt ist auch noch ihr ganzes Sportzeug weg. Alles von Nike!«

»Na, dann ist es doch ganz einfach. Amanda hat die Tasche verwechselt!«, erklärte ihr Vater und wurde darin von Benedikt unterstützt: »Klar, die haben mal wieder über Jungen getratscht!« Er deutete mit den Fingern einen auf- und zuschnappenden Entenschnabel an. »Schon ist's passiert!«

»Wir haben überhaupt nicht über Jungen getratscht!

Kannst du mir mal sagen, was daran so toll sein soll? Wir haben bloß an unserem Beitrag gearbeitet!«, erklärte Isy würdevoll. »Außerdem hat Amanda ihre Tasche gar nicht aus den Augen gelassen! Wir haben sie immer mitgeschleppt! Eine alte Frau hat uns extra gewarnt!«

»Eine von euch spinnt!«, murmelte Benedikt verächtlich. Dann drehte sich das Gespräch wieder um die Mutter. Das Problem ihrer Mutter war, dass sie nicht mit Computern arbeiten wollte. Die Arbeit aber, die man ihr letzte Woche angeboten hatte, erforderte das. Nun redete Benedikt heftig auf sie ein. Es war klar, dass er versuchen würde auf diesem Wege endlich zu dem Computer zu kommen, den ihm die Familienkasse bisher wegen wichtigerer Anschaffungen verweigert hatte.

Isy hätte gern noch berichtet, wie sie mit dem Affen in der Tasche heimgefahren waren. Ihrem ersten Impuls, das Tier sofort wieder in den Zoo zurückzubringen, waren sie nämlich nicht gefolgt. Wer sagte denn, dass er dort hingehörte? Und wie sollten sie seine Anwesenheit in Amandas Tasche erklären, die, wie sich herausgestellt hatte, noch nicht einmal ihre war? Mit der Ausrede, dass er ihnen über den Balkon zugelaufen war, hatte ihn Amanda schließlich in ihr Zimmer bugsiert. Aber hier war offensichtlich niemand mehr an ihrem Abenteuer interessiert.

Ihre Eltern mochten Amanda ohnehin nicht besonders. Sie hielten sie für ein verwöhntes Wessimädchen, durch dessen Umgang ihre Tochter zu anspruchsvoll wurde. Dabei hatte das mit Amanda gar nichts zu tun. Alle in der Klasse wollten Marken tragen. Warum konnten die Erwachsenen nicht kapieren, dass die tollen Klamotten einem auch ein tolles Lebensgefühl gaben? Das Gefühl dazuzugehören. Sie machten es ihnen doch schließlich vor, oder?

Enttäuscht verschwand Isy in ihr Zimmer. Es war der kleinste Raum der Wohnung, nur eine Kammer, aber ihr eigenes Reich.

Zuerst begrüßte sie Selma, die sich nach Katzenart schnurrend auf der Patchworkdecke ihrer Liege zusammengerollt hatte. Dann setzte sie sich an ihren Schreibtisch, auf dem neben einigen Büchern, zwei Porzellankatzen, einem angebissenen Schokoladenei und dem Foto ihrer Oma Dora eine dicke, gelbe Primel thronte, die letztes Wochenende bei der Balkonbepflanzung übrig geblieben war. Es war unübersehbar, wie viel gute Laune diese kleine Pflanze ausstrahlte. Vielleicht sollte sie ihr einen Namen geben? Paula wäre schön! Amanda hatte auch einen Kaktus, den sie »Äschylus« nannte. Von ihm trennte sie sich nicht einmal auf Reisen. Der stachlige Globetrotter hatte als gebürtiger Wessi jedenfalls schon mehr von der Welt gesehen als sie, dachte Isy.

Entschlossen machte sie sich an die Hausaufgaben. Doch so sehr sie sich bemühte; es gelang ihr nicht, sich zu konzentrieren. Immer wieder stoben ihre Gedanken wie junge Hunde davon, um an Amandas falscher Sporttasche zu schnüffeln.

Wie war diese Verwechslung nur möglich gewesen? Hatte Benedikt Recht? Gab es entgegen ihrer Beteuerungen doch einen Moment, an dem Amanda abgelenkt gewesen war? Je länger Isy darüber nachdachte, umso überzeugter war sie, dass Amanda etwas übersehen haben musste. Etwas völlig Nebensächliches vielleicht. Die scheinbar unwichtigen Dinge waren ja oft genug der Schlüssel zur Lösung. Das jedenfalls hatte sie als leidenschaftliche Krimileserin gelernt.

Merkwürdig nur, dass sie von alledem nichts mitgekriegt hatte, wo sie doch die ganze Zeit über dabei gewesen war? Wieso war ihr das Vertauschen der Taschen entgangen? Lustlos machte sich Isy an die ersten Matheaufgaben, als sie plötzlich aufschreckte. Die ganze Zeit über? Hoppla! Das stimmte doch nicht! Sie hatte ja vergessen, dass sie den Raum für einige Minuten verlassen hatte. Minuten, in denen sie weder Amanda noch deren verflixte Sporttasche im Auge gehabt hatte!

Wie elektrisiert sprang Isy auf und lief in den Flur, um die Nummer der Freundin zu wählen. Aus der Küche waren die erregten Stimmen der Eltern zu hören. Seit ihre Mutter den Job verloren hatte, gab es ständig Streit. Meistens ging es um Geld. Isys Mutter hatte in der ehemaligen DDR als Ingenieurin gut verdient und war es nicht gewöhnt, über ihre Ausgaben Rechenschaft abzulegen. Auch Isy fand es blöd, dass um jede Mark mit ihrem Vater gefightet werden musste. Ich heirate nie, nahm sie sich vor. Dann nahm Amanda endlich den Hörer ab.

»Denk nach!«, schrie Isy. »Was hast du gemacht, als ich im Aquarium auf dem Klo war?«

»Der Scheißaffe hat meinen Vater gerade mit Zahnpasta bespritzt!«, fauchte Amanda. Dann erst schien sie Isys Frage zu begreifen. »Was ich gemacht habe? Gar nichts hab ich gemacht!«

»Hast du deine Tasche für einen Moment aus den Augen gelassen?«

»Wie oft soll ich dir das denn noch sagen? Nein!«

»Aber etwas muss passiert sein«, drängte Isy, »etwas, das du vergessen hast!«

»Jetzt rast er über die Gardinenstangen!«, stöhnte Amanda.

»Denk mal an die Gruftis! Wann ist die Clique eigentlich abgehauen? Als ich zurückkam, waren sie weg.«

»Die? Die haben sich gleich, nachdem ich das Bild geschossen hab, verkrümelt.«

»Was? Du hast sie fotografiert?«

»Na und? Die wollten ein Bild, wo alle drauf sind!«

»Aber das hast du mir überhaupt nicht erzählt!«

Amanda schnaufte ungeduldig. »Ist das so wichtig?«

»Amanda«, sagte Isy schockiert nach einer kleinen Pause, »ich bin sprachlos über deine Doofheit! Von wegen, die Tasche nicht aus den Augen gelassen! Wie kann man denn gleichzeitig durch eine Kamera gucken und auf sein Sportzeug aufpassen? Weißt du, dass du die Tasche mindestens zehn Sekunden unbeaufsichtigt gelassen hast? Das findest du nicht wichtig?«

Ein ohrenbetäubendes Klirren war die Antwort.

»Wie du vielleicht gehört hast, ist er gerade in unserer Vitrine gelandet!«, teilte Amanda mit und knallte den Hörer auf.

Auch Isy legte den Hörer auf die Gabel zurück. Ja war Amanda denn noch zu retten? Verschusselte die wichtigsten Fakten! Dank ihrer Hartnäckigkeit wusste sie jetzt wenigstens, dass nur einer von den Gruftis die Taschen verwechselt haben konnte. Dieser war jetzt im Besitz von Amandas schickem Sportdress, während sie seinen wild gewordenen Affen hatte. Was für ein merkwürdiger Tausch! Noch viel merkwürdiger aber war die Frage, wieso einer ausgerechnet im Aquarium mit einem Affen in der Tasche spazieren ging?

Bestimmt würden jetzt in den Oberstübchen sämtlicher Detektive von Filmen, Büchern und Serien die Alarmglocken schellen! Bei ihr, Isolde Schütze, läuteten sie jedenfalls Sturm.

4

Am anderen Morgen wartete Amanda pünktlich vor der Haustür auf sie. Es geschahen noch Zeichen und Wunder.

Aber sie sah völlig fertig aus. Das Haar war zerzaust, an der rechten Braue klebte noch ein Restchen Creme und ihr altmodischer Talisman, ein schwarzweißes Palästinensertuch, war wie ein Strick um ihren Hals gewürgt.

»Wir müssen uns was einfallen lassen!«, bestürmte sie Isy sofort. »Der Affe ist die Seuche! Meine Mutter ist kurz vorm Nervenzusammenbruch. Zum Glück war er nachts ruhig. Er hatte es sich im Wäschetrockner gemütlich gemacht. Dafür ließ er dann keinen von uns mehr ins Bad.«

»Und wie hast du dich gewaschen?«, fragte Isy verblüfft.

»Im Gästeklo. Mein Dad musste unrasiert ins Büro!«

»Du musst durchhalten!«, drängte Isy. »Bleib tapfer, bis wir den Fall geklärt haben. Da ist was faul, Amanda! Die Sache stinkt!«

»Bei uns stinkt's auch! Der Affe ist nicht stubenrein!«

»Nur zwei, drei Tage noch! Zum Glück ist eure Wohnung groß!«

»Meine Eltern drehen trotzdem durch! Sie verstehen nicht, warum sich der Affe ausgerechnet unseren Balkon ausgesucht hat. Ich soll ihn noch heute ins Tierheim bringen!«

»Was hältst du davon, wenn wir erst mal in der Zoohandlung fragen, was für ein Affe es überhaupt ist?«

»Na, schön«, gab Amanda nach, »einen Tag noch! Aber was sag ich meinen Eltern?«

»Sag einfach, das Heim ist belegt, aber der Affe ist als dringend vorgemerkt. Appelliere an ihre Tierliebe!«

»Mach ich ja! Siehst du nicht die Fusseln an meinem Mund?« Amanda bückte sich, um ihren Schuh neu zu binden. Dann zogen sie los. Als sie an dem kleinen Bäckerladen vorbeikamen, dessen Tür zu jeder Jahreszeit weit offen stand, damit der Geruch von frisch gebackenem Brot und süßen Streuselschnecken die Nasen der Passanten kitzeln konnte, schlüpfte Amanda hinein und kam mit zwei Pfannkuchen und zwei Mitschülerinnen im Schlepptau wieder heraus. Es waren Saskia, die heute blaue Strähnchen in ihr grünes Nixenhaar gesprayt hatte, und Binette, die ebenfalls eine lecker gefüllte Tüte trug. Isy sah, wie Amanda hinter dem Rücken der Mädchen warnend den Zeigefinger auf die Lippen presste. Sie verstand. Amanda wollte nicht, dass die Klasse von dem Affen erfuhr. Wo man sie ohnehin schon die »Katastrophenweiber« nannte!

Ihnen passierten aber auch dauernd die tollsten Geschichten!

Manche, wie die mit dem toten Pilzsammler, der nach Auftauchen der von ihnen alarmierten Mordkommission wieder quicklebendig und vom Mittagsschlaf erfrischt im Wald seine Pilze schnitt, gehörten zu den unvergesslichen Wandertagserlebnissen der 7b. Aber schließlich ging bei ihnen nicht alles schief! Letzten Herbst zum Beispiel hatten sie sogar geholfen einen Postraub aufzuklären, worauf ihr Bild prompt in allen Zeitungen erschienen war. Doch Erfolg macht nicht nur Freunde. Amanda hatte Recht. Das Rätsel mussten sie alleine lösen. Die anderen würden ohnehin bloß wieder blöde Sprüche klopfen wie »Ein Fall für Zwei!« oder »Mord ist ihr Hobby«.

Es war der erste Morgen seit langem, an dem sie auf ihrem Schulweg nicht zu hetzen brauchten. Während sie gemütlich aus den Kuchentüten naschten und sich gegenseitig ihre Träume erzählten, erreichten sie den Klassenraum.

Amanda hatte einen Alptraum gehabt. Ein beliebter Talkmaster hatte sie eingeladen in seiner Sendung ein leckeres Dinner zu kochen, doch als sie am Herd der berühmten Fernsehküche stand und alle Scheinwerfer auf sie gerichtet waren, fiel ihr plötzlich das Rezept nicht mehr ein.

»Die totale Blamage!«, klagte Amanda, die seit letztem Herbst eine begeisterte Hobbyköchin war. »Schließlich wusste ich doch, dass die ganze Klasse zuschaut!«

»Ich nicht, ich hab geschlafen!«, versicherte Sassi unter Gelächter und Binette wollte wissen, was ein Dinner ist.

»Abendessen auf Englisch!«, erklärte Amanda. »Und wenn es romantisch mit Kerzen ist, nennt man es Candellight-Dinner!«

»Und wenn es in einem alten Krimi spielt, wird manchmal dabei sogar ein Mord aufgeklärt!«, ergänzte Isy grinsend.

An diesem Vormittag saßen sie geduldig eine Stunde Mathe, eine Stunde Musik, zwei Stunden Englisch und eine Stunde Geschichte ab. Dann gingen sie zu Amanda, wo sie ein Polaroidfoto von Amandas neuem Hausgenossen schossen, um es anschließend dem Verkäufer einer Zoohandlung unter die Nase zu halten.

»Können Sie uns sagen, was das für eine Affenart ist?«

Während Amanda das Gespräch begann, zog Isy prüfend die Luft ein. Es roch wie immer nach Körnern, Vogelsand und Hundekuchen. Ein Geruch, der durch alle Zoohandlungen zu geistern schien.

Der Verkäufer hielt sich das Foto dicht vor die Augen. »Sieh an, ein braunes Kapuzineräffchen! Gehört es euch?«

Hilflos sah Amanda zu Isy.

»Meine Freundin hat es gerade geerbt!«, sprang die ihr bei.

»Ihr Großvater war nämlich ein, äh, Großwildjäger!«

Der Verkäufer blickte über seine randlose Brille hinweg abwechselnd von Isy zu Amanda und wieder auf das Foto. Ganz geheuer schien ihm die Sache nicht.

»Wollt ihr ihn verkaufen?«

»Eigentlich nicht. Ist er denn wertvoll?«

»Die Heimat der Kapuzineräffchen ist Südamerika. Sie sind geschützt. Es besteht absolutes Ausfuhrverbot. Es wäre ein Liebhaberpreis. Und der variiert natürlich.«

»Sagen Sie einfach eine Summe!«, schlug Amanda vor. Die Neugier schielte ihr aus allen Knopflöchern.

»Na, ja. Zehntausend Mark können da schon zusammenkommen!«

Zehntausend Mark? Sie starrten den Verkäufer an, als hätte er ihnen das Geld bereits auf den Tisch gelegt. Isy sah aus den Augenwinkeln, dass Amanda beinahe zu atmen vergaß. Dann stopfte Amanda das Foto in die Jackentasche zurück und bedankte sich.

Als sie das Geschäft verließen, sagte der Verkäufer: »Ach, übrigens, das letzte Mal habe ich so ein hübsches Kerlchen im Zoo gesehen!«

War es Zufall, dass sie beide fast gleichzeitig auf der Türschwelle stolperten?

»Mein Opa lebt übrigens noch!«, verkündete Amanda grinsend, als sie ein paar Meter von dem Laden entfernt waren. »Von wegen Großwildjäger! Er ist Steuerberater wie mein Dad!« Dann packte sie aufgeregt Isys Arm. »Zehn Riesen hat der gesagt? Für diesen kleinen Affen? Ist ja krass!«

Auch Isy schüttelte ungläubig den Kopf. »Ich fasse es nicht! Der Grufti muss die Krise gekriegt haben, als er deine Tasche ausgepackt hat!«

»Das kannst du glauben!«

Eine Weile gingen sie schweigend nebeneinander her. Jede von ihnen schien ihren Gedanken nachzuhängen. Dann flüsterte Amanda plötzlich: »Du, Isolde, wir sind reich!«

»Wieso wir?«

»Weil wir den Affen haben!« Verschwörerisch klopfte Amanda auf das Foto in ihrer Jackentasche. »Mach doch nicht so ein Gesicht! Das ist ein Volltreffer!«

»Aber er gehört uns doch gar nicht!« Isy starrte Amanda an, als hätte sie ihr vorgeschlagen die Deutsche Bank zu überfallen.

Sie waren die letzten Meter immer langsamer geworden. Nun standen sie vor dem kleinen Reisebüro, das in dieser Saison für einen Ostertrip zu den Pyramiden warb. Seit letzter Woche beherrschten eine giftgrüne Plastikpalme und ein Kamel in Lebensgröße das Schaufenster. Es sah beinahe echt aus.

»Wem gehört er denn?«, fragte Amanda unschuldig.

»Frag doch nicht so blöd! Dem Grufti natürlich!«

»Aber wir wissen doch gar nicht, wo der wohnt?«

»Na und? Deshalb können wir doch den Affen nicht verkaufen!«

»Aber er hat mein ganzes teures Sportzeug von Nike!«

»Da wird er sich aber freuen!«

Amanda kaute auf ihrer Unterlippe. Es sah aus, als wäre sie dem Weinen nahe. Dann warf sie trotzig den Kopf in den Nacken. »Du könntest davon deinen Schnupperkurs in London bezahlen! Und nächstes Jahr könnten wir einen in Frankreich machen! Oder in Italien! Wo immer du willst! Und jede Menge Markenklamotten würden auch noch rausspringen! So eine Chance kriegen wir nie, nie wieder!«

»Trotzdem!«, beharrte Isy. »Es ist total uncool, fremdes Eigentum zu verkaufen! Da mach ich nicht mit!«

»Dann mach ich es eben allein!«, zischte Amanda.

»Das könnte dir so passen!«

»Aber er hat in meiner Tasche gesessen! Das wirst du doch nicht bestreiten? Er ist gewissermaßen mein Eigentum!«

»Wieso in deiner Tasche? Es ist doch gar nicht deine Tasche!«

»Weißt du, dass du dich wie ein bescheuerter Ossi benimmst?«

»Weißt du, dass du dich wie ein bescheuerter Wessi benimmst?«

Warum fing Amanda denn jetzt mit diesem Ost-West-Quatsch an? Das meiste, was sie aus der Zeit vor dem Mauerfall wussten, hatten ihnen die Eltern erzählt. Schließlich waren sie zur Wiedervereinigung gerade eingeschult worden. Amanda in Nürnberg, Isy in Ostberlin. Bis dahin hatten sie eher gewusst, dass es zwei verschiedene Sandmännchen als zwei verschiedene deutsche Staatsoberhäupter gab. Auf Amandas Bücherbord hatten schwedische und italienische Kinderbücher, auf Isys sowjetische und ungarische gestanden und manchmal sagte Isy noch »Broiler« zum Brathühnchen und »Kaufhalle« zum Supermarkt. Na und?

Was hatte denn das jetzt mit dem Affen zu tun?

Noch nie in den fast vier Jahren ihrer Freundschaft hatten sie einander so zornig gemustert.

In diesem Augenblick hielt mit leisem Brummen ein weinroter Golf neben ihnen. Ein Mann mit dünnem Haar und einem kleinen, laubfarbenen Schnauzbart stützte sich auf sein Autodach.

»So trifft man sich wieder!«, rief er schmunzelnd. »Wie geht es denn?«

Wenn das keine Überraschung war! Isy spürte, wie sich der kalte Nebel der Feindseligkeit zwischen Amanda und ihr aufzulösen begann.

»Ein Glück, dass Sie kommen, Herr Rimpau!«, sagte sie erleichtert. »Wir haben mal wieder ein Problem!«

5

Herr Rimpau war seit den letzten Herbstferien nicht nur ein alter Bekannter. Er war auch ein bekannter Autor spannender Kriminalgeschichten. Sie hatten ihn und seinen netten Hund Alfredo letzten Oktober in Altgrünheide kennen gelernt, als sie noch vor ihrer Klasse in das märkische Schullandheim gefahren waren, um es nach erfolgter Renovierung wieder auf Vordermann zu bringen. Zwar hatten sich etliche Mütter in den Monaten zuvor dazu bereit erklärt, doch eine nach der anderen war in der Zwischenzeit abgesprungen. Ausgerechnet Isys Mutter aber, die als Einzige tapfer zu ihrem Wort gestanden hatte, stürzte einen Tag vor der Abreise über Selma und brach sich das Bein. Das kostete sie zu allem Pech ihren Job und die Siebte um Haaresbreite die schon einmal verschobene Klassenfahrt. Schließlich ließ sich für ihre Mutter in so kurzer Zeit kein Ersatz finden.

Merkwürdigerweise hatte Isy in derselben Nacht einen ziemlich verrückten Traum gehabt, der sie davon überzeugte, die Angelegenheit mit Amanda selbst in die Hand nehmen zu müssen, worauf sie die spannendste Woche ihres Lebens in einem geheimnisvollen, alten Forsthaus verbrachten.

Der Schriftsteller, der im Nachbarort den Sommer über ein Arbeitsdomizil gemietet hatte, war ihnen in jenen Tagen trotz einiger Verdächtigungen und Verwechslungen ein guter Freund und Beschützer gewesen.

»Ich hoffe, es ist keine Katastrophe?«, fragte Herr

Rimpau und sah dezent auf die Uhr. »Ich muss nämlich zum Flughafen!«

»Bis jetzt noch nicht!«, versprach Isy und weihte den Schriftsteller hastig in das Computerprojekt und die Geschehnisse des Vortages ein.

»Sie wissen ja, dass uns immer so merkwürdige Sachen passieren«, gab sie selbstkritisch zu, »aber einen Affen hatten wir echt noch nicht! Was sollen wir denn jetzt tun?«

Es war Herrn Rimpau anzusehen, dass er sich nach nichts mehr sehnte, als in seinem Altgrünheider Lehnstuhl zu sitzen, ein Pfeifchen zu schmauchen und in Ruhe das Gehörte zu überdenken. Aber davon konnte jetzt keine Rede sein. Er hatte leider nicht einmal die Zeit mit den beiden Mädchen eine Schokolade zu trinken. Auf ihn wartete sein Flieger nach München.

»Habt ihr schon mal im Zoo angerufen? Vielleicht ist ja Amandas Sporttasche mit einer Nachricht für sie abgegeben worden und das Problem erledigt?«, erkundigte er sich.

Verlegen sahen sie einander an. Nein, daran hatte noch keine von ihnen gedacht. Auf das Einfachste kam man ja nie.

»Aber was ist, wenn der Grufti sich gar nicht mehr erinnert, wo er die Tasche vertauscht hat?«, fragte Isy besorgt.

»Oder wenn er gar nicht in Berlin wohnt und den Irrtum erst in Dessau oder Bochum bemerkt hat?«, sinnierte der Autor.

Einen Augenblick herrschte ratloses Schweigen.

»Na, Kopf hoch!«, sagte Herr Rimpau schließlich optimistisch. »Fragt erst mal im Zoo nach! Und wenn man dort nichts weiß, schaut in die Presse! Vielleicht findet ihr ein Inserat. Und wenn alle Stricke reißen – ich bin ja nicht aus der Welt!«

Mit einem kräftigen Ruck öffnete er seinen Kofferraum, um ihnen zwei schmale Bücher in die Hand zu drücken. Es war sein neuester Krimi. *Ein Mord zu viel im Zoo.* Was für ein Zufall!

Dann bestieg er seinen Golf, an dessen warmen Geruch aus Tabak und Leder sich Isy plötzlich wieder deutlich erinnerte, um sich in den brodelnden Verkehr Richtung Tegel zu begeben.

Sie winkten ihm nach, bis sie einer Clique Rollerbladefahrer weichen mussten. Wie immer, wenn sie einander begegnet waren, blieb in Isy ein erregtes Gefühl des Stolzes zurück einen so berühmten Mann zum Freund zu haben. Auch Amandas Augen glänzten verklärt.

Dann suchten sie sich eine Telefonzelle und wählten die Nummer des Zoos. Doch es war weder Amandas Tasche noch eine Nachricht für sie abgegeben worden.

»Freu dich nicht zu früh!«, drohte Isy, als sie Amandas triumphierendes Zehntausend-Mark-Lächeln sah. »So schnell gebe ich nicht auf! Morgen ist auch noch ein Tag!«

Am anderen Morgen war es Amanda, die auf Isy warten musste. Das war so ungewöhnlich, dass ihr ein Stein vom Herzen fiel, als die Freundin endlich um die Ecke bog.

»Hei, ich dachte schon, du bist krank!«, empfing sie Isy erleichtert, um sich sofort über den Affen zu beschweren.

»Er hat unsere Palme gefressen und den Philodendron zum Nachtisch! Wir hatten sie selbst gezogen.«

»Du musst ihm mehr Gemüse geben!«, schlug Isy vor. Sie hatte die halbe Nacht über Herrn Rimpaus neuen Krimi verschlungen und heute früh kaum die Augen aufgekriegt.

»Ich muss ihm gar nichts geben!«, widersprach

Amanda. »Außerdem hat er die Kopfkissen meiner Eltern aufgeschlitzt und das Klo mit weißen Bohnen verstopft!« Amanda atmete schwer. »Wie ich schon sagte; der muss endlich verkauft werden!«

»Das kannst du vergessen!«

»Und wieso? Glaubst du etwa, dass ich nicht ehrlich mit dir teile? Ich teile jede Mark mit dir!«

»Darum geht es doch gar nicht!«

»Dann hör endlich auf den Moralapostel zu spielen! Du hast doch gehört, dass sich der Besitzer nicht meldet? Wem sollen wir ihn denn zurückgeben?« Amanda blähte sich auf wie ein Kampfhahn. »Entweder du sagst mir jetzt, warum, oder ich geh in die nächste Zoohandlung und biete ihn an!«

»Ich will es dir ja erzählen! Nachher in der Bahn!«

»Welcher Bahn?«

»In der S-Bahn, wenn wir in den Zoo fahren!«

»Was denn? Schon wieder Zoo? Wollten wir nicht mal was anderes machen? Shoppen? Schwimmen? Kino? Oder Rollerblades? «

»Zoo ist jetzt wichtiger!«

Was Amanda nicht ahnen konnte; die nächtliche Lektüre hatte Isy die Augen geöffnet. Schauer waren ihr über den Rücken gerannt! Herr Rimpau hatte einen echten Schocker geschrieben, der bewies, dass im Zoo längst nicht alles so harmlos zugehen musste, wie es vielleicht den Anschein hatte.

Einerseits drängte es Isy, die Freundin sofort mit dem neuen Wissen zu überfallen. Andererseits war es sicher unklug, Amanda zu früh zu beunruhigen. Die kriegte es fertig und drehte durch. So rückte Isy erst mit der Sprache heraus, als sie im Zug saßen und die langen Jeansbeine in den gleichen Markenschuhen lässig nebeneinander ausgestreckt hatten.

Zwischen den nächsten Bahnhöfen erfuhr die

ahnungslose Amanda, was sich hinter dem Wort »Auftragskriminalität« verbarg: eine Kriminalität, die darauf ausgerichtet war, zahlungskräftigen Kunden die von ihnen begehrte Ware egal wie zu beschaffen. Auch Geschäfte mit wertvollen Tieren waren in diesem Zusammenhang durchaus nicht selten.

Natürlich hatte Amanda noch nie davon gehört. Sie interessierte sich nicht dafür. Ihr Herz schlug für Lovestorys, Schmusesongs, die Kelly Family, Prinz William und die Queen und raffinierte Kochrezepte!

»Wozu erzählst du mir das alles?«, fragte sie missmutig.

»Weil wir wahrscheinlich in so eine Sache verwickelt sind!«

Amanda nahm vor Verblüffung den Kaugummi aus dem Mund. »Bist du jetzt völlig durchgeknallt?«

»Denk doch mal nach! Hab ich es nicht gleich merkwürdig gefunden, dass einer seinen Affen ausgerechnet in einer Tasche im Zoo herumträgt?« Isy warf einen prüfenden Blick in die Runde, aber die wenigen Fahrgäste lasen Zeitung oder sahen aus dem Fenster. Der Punker schräg gegenüber mit dem pinkfarbenen Hahnenkamm pulte sich gelangweilt die Nägel.

Im Flüsterton fuhr sie fort: »Amanda, wir wissen jetzt, wie wertvoll der Affe ist! Nimm mal an, man hätte ihn im Zoo für einen zahlungskräftigen Kunden gestohlen. Es gibt eine Mafia, die das besorgt. Dann hättest du vielleicht den Dieben aus Versehen die Beute geklaut? Möglicherweise meldet sich ja deshalb niemand im Aquarium?«

»Was soll ich gemacht haben?« Amanda schnappte nach Luft. »Wie kommst du bloß immer auf so bescheuerte Ideen?«

»Ich? Dass ich nicht lache! Diese Mafia gibt es wirklich! Du musst bloß *Ein Mord zu viel im Zoo* lesen! Da will nämlich eine reiche Katzennärrin, die schon richtig schrullig ist, unbedingt einen weißen Tiger für ihr neues Haus haben. Wie diese Typen aus Las Vegas, du weißt schon, Siegfried und Roy!«

»Ach, so!« Erleichtert unterbrach Amanda Isys Redestrom. »Herr Rimpau hat sich das ausgedacht!«

»Von wegen ausgedacht! Die Fakten sind echt!« Beschwörend beugte sich Isy zu Amandas gepiercter Ohrmuschel: »Deshalb müssen wir zuerst das Affenhaus unter die Lupe nehmen! Vielleicht wissen die gar nicht, dass ein Affe fehlt?«

Sie fanden das Affenhaus unweit vom Elefantentor, wo sie erstmals stolz ihren über die Schule organisierten Sonderausweis präsentierten. Im Gegensatz zum altehrwürdigen Aquarium handelte es sich beim Affenhaus um eine moderne Anlage. Die mit Baumhöhlen, Zweigen, blitzenden Stahlringen und Schaukeln ausgestatteten Käfige waren geräumig und übersichtlich angeordnet. Auf der Besucherseite waren die üblichen Metallgitter zusätzlich verglast. Diese Maßnahme verhinderte nicht nur das gefährliche Füttern. Isy, die alles mit Argusaugen betrachtete, erkannte sofort, dass es ganz und gar unmöglich war, hier auch nur einen Floh zu entwenden. Um einen Diebstahl zu begehen, musste man schon in das Innere der Anlage gelangen, wo sich die Eingänge zu den Käfigen befanden.

Vielleicht bestand ja auch die Möglichkeit sich durch die Bodenplatten in die einzelnen Käfige zu bohren? In Kriminalfilmen war das eine bewährte Methode, besonders, wenn es um Juwelenraub oder Bankeinbrüche ging.

Allerdings würde das Verschwinden eines Affen in den relativ kleinen Tiergruppen bestimmt auffallen! Es sei denn …

»Ich hab's!«, teilte Isy Amanda ihre Erkenntnis triumphierend mit. »Die Wärter stecken alle unter einer Decke!« Doch als sie sich nach der Freundin umwandte, war Amanda wie vom Erdboden verschluckt. Verwundert ging sie die Reihe der Käfige ab. Nichts. Nirgendwo ein Zipfelchen Amanda!

Dafür begegnete sie vor einer Gruppe Silbergibbons einer älteren Dame mit grauem Löckchendutt und modisch pinkfarbener Brille, die ihr bekannt vorkam, und deren Lächeln ebenfalls Wiedererkennen verriet. Jetzt fiel auch bei Isy der Groschen. Es war die nette Frau, die Amanda bei ihrem ersten Besuch im Aquarium davor gewarnt hatte, ihre Tasche unbeaufsichtigt stehen zu lassen. Wie Recht sie gehabt hatte!

»Na, ihr seid wohl gern im Zoo?«, begrüßt sie die Frau mit ihrer hellen Stimme, die gar nicht so recht zu ihren Jahren passen wollte.

»Ja, wir machen hier was für die Schule!«, bestätigte Isy. »Im Moment suche ich gerade meine Freundin!«

»Die steht am Ausgang!«, nickte die Frau und tippelte davon.

Isy fand Amanda tatsächlich am Ausgang des Affenhauses im Gespräch mit einem jungen Mann. Er hatte auffallend rotes Haar und lehnte lässig an einer Karre, auf der »Affenhaus« stand. Sicher war er hier beschäftigt. Das Schärfste aber war, dass Amanda wieder mal auf Vollweib machte und paffte. Richtig affig, wie die sich benahm! Als sie Isy erblickte, verabschiedete sie sich eilig und kam angerannt.

»Wie findest du ihn?«, kicherte sie. »Sie nennen ihn Möhre!«

Dann nuckelte sie angeberisch an ihrer Zigarette und fügte triumphierend hinzu: »Übrigens, alles Quatsch! Hier fehlt überhaupt kein Affe! Deine komische Mafia existiert nur in Herrn Rimpaus neuem Krimi! Kannst dich abregen!«

6

Sie und sich abregen? Da konnte Amanda aber lange warten! Bloß weil sich dieser rothaarige Typ wichtig machen wollte? Isy dachte gar nicht daran, ihre Verdächtigungen aufzugeben. Ob sie morgens bei lauter Radiomusik ihren Toast dick mit Konfitüre bestrich oder abends vor dem Badezimmerspiegel ihr von der ganzen Klasse bewundertes, immer länger werdendes Kraushaar geduldig mit hundert Strichen bürstete, immerzu waren ihre Gedanken mit den Vorkommnissen im Zoo beschäftigt.

Warum meldete sich der Grufti nicht? Weshalb fand sich denn kein Inserat in der Zeitung, in der jemand einen Gymnastikanzug gegen ein Kapuzineräffchen zurücktauschen wollte? Ein Äffchen, das immerhin zehntausend Mark wert war?

Isy hatte das bestimmte Gefühl, sich in genau jener verzweifelten Phase zu befinden, die alle Detektive bei ihren Ermittlungen durchleiden mussten. Etwas lag in der Luft! Die Spürnase kribbelte, das Jagdfieber hatte einen gepackt, aber es gab weder einen Anhaltspunkt noch irgendwelche Beweise. Wie vertraut ihr das alles aus Büchern und Filmen war! Auch sie tappte noch im Nebel der Vermutungen, aber sie wusste: Die Spur führt in den Zoo! Zugegeben, sie war nicht gerade heiß, eher lauwarm, aber auch eine lauwarme Spur durfte man nicht kalt werden lassen. Deshalb griff sie auch am Wochenende entschlossen zum Hörer, um Amanda aus dem Bett zu schmeißen. »Du?«, erkundigte die sich gähnend. »Was gibt's denn?«

»Ich wollte fragen, ob du mit in den Zoo kommst!«

»Hast du einen IQ-Sturz? Heute ist Samstag!«

»Na und? Wir müssen dranbleiben!«

»Das ist doch noch ewig hin, bis wir das brauchen!«

»Die Frage ist, wollen wir nach Philadelphia oder nicht?«

»Was hat denn das mit Philadelphia zu tun? Warum machst du bloß immer so einen Terror?«

»Weil es mir vorkommt, als ob ich alles allein machen muss!«

»Und mir kommt es so vor, als ob du bloß wieder im Zoo herumschnüffeln willst!«, argwöhnte Amanda. Aber schließlich willigte sie ein.

»Isy hat die Zooteritis!«, teilte sie ihren Eltern mit, als sie mit einem hastig vom Frühstückstisch geklaubten Brötchen zur Tür hinausschlüpfte.

Sie trafen sich am Löwentor und verbrachten nicht nur das Wochenende, sondern auch die meisten Nachmittage der folgenden Woche im Zoo, wo sie Steinböcke, Robben, Seelöwen und Pinguine bewunderten und eine schlafende Biberfamilie hinter der Glaswand ihres künstlich angelegten Biberbaus beobachteten.

Isy las die Tierarten und Herkunftsländer von den Hinweisschildern ab und Amanda trug alles wie gewohnt mit ihrer sauberen Schrift in ein Notizbuch ein. Zu Hause in ihrem PC steckte bereits eine Datei, die sie unter dem Namen »Berliner Zoo« abgespeichert hatte und regelmäßig ergänzte. Manchmal malte Isy warnend ein Kreuz hinter eine Tierart, weil sie vermutete, dass die Mafia an ihr Interesse haben könnte. Zwei Kreuze bedeuteten, dass sie die Art für höchst gefährdet hielt. Das war zum Beispiel der Fall, wenn es sich um kleine und kostbare Tiere handelte, die man leicht verschwinden lassen konnte. Wer aber wusste schon wirklich, auf was die Mafia scharf war?

Natürlich hatte Amanda richtig vermutet. Isy beabsichtigte bei diesen Besuchen keineswegs nur die schulische Aufgabe zu erfüllen, sondern schnüffelte so beharrlich im Zoo herum, als wäre sie Mrs. Marples Urenkelin.

Einmal, als sie trotz des unübersehbaren Verbotsschildes auf den Wirtschaftshof geschlichen waren, um inmitten einiger geheimnisvoller flacher Gebäude eine Verladerampe mit einem Stapel grüner Kisten ausfindig zu machen, die mit der Aufschrift: »Living animals/Lebende Tiere« beschriftet waren, hatte sie ein schwarzbärtiger Mann schimpfend verjagt.

»Was spioniert ihrr hierr herum? Habt ihrr das Schild nicht geläsen? Bleibt gefälligst auf den Wegen, die für Besucher errlaubt sind!«

Was hatte der wohl zu verbergen? Natürlich würden sie wiederkommen, hatte Isy gedacht. Schon, weil die grünen Kisten diesmal leer gewesen waren. Aber es musste zu einer Zeit sein, in der sie ungestört herumschnüffeln konnten. Es wäre doch gelacht, wenn sie nicht herauskriegten, was die Kisten gewöhnlich beherbergten! Kleine Kapuzineräffchen vielleicht?

Bis auf diesen Zwischenfall aber fühlten sie sich wohl im Zoo. Er war nicht nur das grüne Nest im Herzen Berlins, um das Natur und Stille ein unsichtbares Gespinst woben. Er war auch eine andere Welt. Eigentlich erinnerte nur die graue Skyline der Büro- und Geschäftshäuser mit ihren blinkenden Reklameschriften manchmal an die nahe City Berlins. In dieser anderen Welt aber, mit ihren fremden Gerüchen und Geräuschen, konnte man sich tatsächlich wie auf einer Weltreise fühlen, denn zwischen den Tieren der verschiedenen Erdteile lag ja oftmals nur ein kleines Stück Weg.

Sie hatten sogar Lieblingstiere. Amandas Liebling

war ein kleines, pummliges Zwergnilpferd und Isy liebte die beiden Marabus, die mit eingezogenen Hälsen in ihren Volieren saßen und nur ab und zu aus gütigen Vogelaugen einen Blick auf die Besucher warfen. Ob sie wirklich so weise waren, wie es hieß?

Mehrmals begegnete ihnen auf ihren Streifzügen die alte Dame mit der starken Brille, die offensichtlich zu den Stammgästen zählte und stets mit ihrem Strickzeug beschäftigt zu sein schien. Am Nachmittag des vierten Tages, als sie wieder einmal vergeblich nach Amandas Sporttasche gefragt hatten, entdeckten sie vor den Stufen des Aquariums zu ihrem Erstaunen zwei Mitschüler, mit denen sie hier bestimmt nicht gerechnet hatten. Es waren Tannhäuser und Gummibärchen.

»Hast du gesehen?«, rief Amanda verblüfft. »Reginald und Hagen! Was wollen die denn hier?«

»Keine Ahnung!«, sagte Isy. Das Superhirn und der Faulpelz der 7b als Spaziergänger im Zoo? Waren die jetzt befreundet?

Zwei Tage später war klar: Tannhäuser und Gummibärchen machten keine Spaziergänge im Zoo. Sie kundschafteten ihn aus.

Als sie wieder auf die Jungen trafen, studierten diese gerade die Informationstafeln an der Bärenanlage.

»Na, so ein Zufall!«, flötete Amanda scheinheilig. »Was macht ihr denn hier?«

»Geht dich das was an?«, fragte Gummibärchen und kaute schmatzend auf seinen Gummibärchen.

Tannhäuser hingegen schenkte ihnen ein kurzes, erstauntes Lächeln. Dann öffnete er seine Faust und nuschelte weiter in ein winziges Aufnahmegerät: »Der Schwarzbär, auch Baibar genannt, lateinisch Ursus americanus, stammt aus Nordamerika während die Heimat des Braunbären sowohl Nordamerika als auch Eurasien ist …«

Hatten die was an der Schüssel? Der Zoo war doch gar nicht ihr Ding! Tannhäuser hatte doch die Oper gewollt!

»Verschwindet!«, verlangte Isy. »Der Zoo gehört uns!«

»Wieso gehört euch der Zoo?«, fragte Tannhäuser. Er war kleiner als Gummibärchen und ziemlich dürr wie die meisten Vegetarier. Es hieß, er trinke heimlich Schnaps. Gern ärgerte er die Leute mit seiner Klugheit und verlangte zum Beispiel grinsend drei Kugeln Orchideeneis, um den ratlosen Eisverkäufer schließlich verwundert zu fragen, ob er nicht wüsste, dass die Vanille eine südamerikanische Orchidee sei?

Alles in allem aber war er der Einstein der 7b und kratzte auf Schulveranstaltungen manchmal sogar auf dem Cello herum.

»Wieso gehört euch der Zoo?«, echote Gummibärchen solidarisch.

»Weil wir zuerst da waren, du Arschnase!«, zischte Amanda.

Gummibärchen wieherte zum Zeichen seines Protestes laut auf, kniff seine wasserhellen Äuglein zusammen, richtete Daumen und Zeigefinger auf Amanda und drückte ab. »Peng! Peng! Peng! Du bist tot, Alte!«

Das war typisch für ihn. Einmal hatte er sogar in Geschichte, mitten im Bauernkrieg, mit Platzpatronen gefeuert.

»Hau ab!«, sagte Amanda »Damit ich deinem Kopf nicht zu nahe komme. Ich habe nämlich eine Strohallergie! Außerdem bist du nicht auf meinem Level!«

»Hast du das gehört?«, grunzte Gummibärchen seinen neuen Freund an. »Ich bin nicht auf ihrem Löffel! Was soll denn das heißen?«

»Dass dein Vater kein Steuerberater wie ihrer, sondern ein arbeitsloses Arschloch ist!«

»Das hab ich überhaupt nicht gemeint!«, wehrte sich Amanda errötend. »Er ist nur immer so grob!«

Isy musterte die Jungen mit kühlem Blick. »Wie habt ihr denn überhaupt die Sondererlaubnis gekriegt?«

»Wir brauchen keine Sondererlaubnis. Wir machen das anders.«

»Und wie?«, erkundigte sich Amanda. »Fallt ihr vom Himmel?«

»Möchtest du wohl gerne wissen?«, freute sich Gummibärchen.

»Hört mal, nehmt doch den Tierpark!«, schlug Isy vor.

»Nehmt ihr ihn doch!«, nuschelte Tannhäuser und ließ das Aufnahmegerät in der Hosentasche verschwinden.

»Welchen Tierpark?«, wunderte sich Amanda.

»Unser Zoo im Osten!«, schniefte Gummibärchen. »Der ist doppelt so groß wie dieser. Noch nie gehört? Man merkt, dass du noch immer ein Wessi bist, Bratwurst!«

»Ich kenne Ostberlin vielleicht besser als du!«, empörte sich Amanda.

Aber Isy machte der Freundin ein Zeichen. »Los komm! Es ist zwecklos mit denen! Wir gehen morgen zu Dr. Trisch!«

Dr. Trisch kaute gerade an einer Käsesemmel, als sie ihm anderntags in der Hofpause die Situation schilderten und ihn um Beistand baten. Aber der Lehrer mochte nicht helfen. Seiner Ansicht nach konnten Reginald und Hagen von Berlin vorstellen, was ihnen passte. Fälle von Konkurrenz seien auch schon aus der Parallelklasse bekannt. Sie ließen sich nun einmal nicht vermeiden und belebten sogar den Wettbewerb.

»Da gibt es nur eins!«, sagte Trischi und fegte ein

paar Krümel von seinem sportlich karierten Jackett. »Wer den anderen aus dem Rennen schlagen will, muss einfach der Bessere sein! Und jetzt entschuldigt mich bitte, Ladys!« Damit eilte er auf die andere Seite des Schulhofes, um ein paar Raufer zu trennen.

Enttäuscht schlichen sie in ihre Klasse zurück. Dieses Gespräch hätten sie sich sparen können. Einfach die Besseren sein? Das war leicht gesagt, wenn ihnen Reginald und Hagen ständig wie Zecken im Pelz saßen. Schon die Vorstellung, denen auf Schritt und Tritt zu begegnen, war widerlich.

»Wir müssen sie vergraulen!«, entschied Amanda und schickte Isy in Bio einen winzigen, zusammengefalteten Zettel.

Die las im Schutz von Gummibärchens breitem Rücken: »Liebe Isy! Was hältst du davon, wenn wir bei allen Tierarten die Hinweisschilder an den Käfigen vertauschen? Gruß Amanda!«

Isy drehte den Zettel um und antwortete: »Liebe Amanda, deine Idee ist Spitze! Wie viele Jahre haben wir Zeit? Gruß Isy!«

Den Rest des Tages gelang es ihnen kaum, an etwas anderes zu denken, als daran, wie sie Tannhäuser und Gummibärchen den Zoo vermiesen konnten. Doch am Ende aller Rachepläne kamen sie zu dem gleichen Ergebnis wie der Klassenlehrer: Sie konnten das Team von Tannhäuser und Gummibärchen tatsächlich nur durch Leistung aus dem Wettbewerb schlagen.

»Wir müssen uns noch mehr Fakten über den Zoo besorgen!«, schlug Isy vor. »Information ist alles! Wer am besten informiert ist, hat die Nase vorn! Was hältst du davon, wenn wir gleich morgen zum Direktor gehen?«

Sie standen vor den prall gefüllten Regalen eines Supermarktes, in dem Isy laut Einkaufszettel Kartoffelflocken, Tee, Kräuteressig, Mandelblättchen und Katzenfutter kaufen sollte.

»Morgen kann ich nicht!«

»Du musst aber! Wir müssen unseren Vorsprung halten!«

»Meine Mutter fragt schon, warum ich nicht in den Zoo ziehe!« Amanda angelte ein orangefarbenes Päckchen aus dem Teeangebot und warf es in Isys Wagen. »Da! Dein Tee!«

»Halt! Erst mal die Preise vergleichen!«, verlangte die und fischte das Paket wieder heraus. »Kommst du nun mit?«

»Aber nur noch einmal! Versprichst du das?

»Ich schwöre es!«, sagte Isy feierlich.

»Wenn du das wirklich hältst, bringe ich morgen eine Überraschung für dich mit!«, verkündete Amanda. »Fängt mit T an!«

7

Die Überraschung war ein winziges schwarzes Tonbandgerät. Ganz ähnlich dem, das gewisse Leute im Zoo benutzten. Triumphierend hielt Amanda es Isy hin, als sie nach der Schule fröstelnd auf dem Bahnhof standen.

Um sie herum sah es aus, als wäre der Winter noch einmal zurückgekehrt. Dicke weiße Flocken schwebten sacht wie die Reiskörnchen in den gläsernen Schneekugeln zu Boden, die eine unsichtbare Hand ein Weilchen auf den Kopf gestellt und dann behutsam wieder umgedreht hatte.

Entzückt betrachtete Isy das Aufnahmegerät. »Amanda, ich küsse dich! Wo hast du es her?«

»Von meinem Dad. Er spricht für seine Sekretärin drauf.«

»Oh, super! Das spart Zeit!«

Glücklich ließ Isy das Gerät, das noch warm war von Amandas Händen, in ihrer Jackentasche verschwinden und holte es erst wieder hervor, als sie das Verwaltungsgebäude des Zoos betraten und an die Tür des Direktors klopften.

»Habt ihr denn einen Termin?«, fragte die Sekretärin erstaunt und teilte ihnen mit, dass der Direktor auf Dienstreise sei. Außerdem wäre in ihrem Fall wohl eher der Pressereferent des Zoos der richtige Gesprächspartner.

»Und wo finden wir den?«, erkundigte sich Isy.

»In Finnland!«, sagte die Dame liebenswürdig.

Trotzdem versuchte sie mitleidig einen wissenschaftlichen Mitarbeiter für sie zu finden. Allerdings sah es damit schlecht aus an diesem Nachmittag. Sie waren alle unterwegs. Schließlich erklärte sich Herr Knöpfle, ein Zoologe mit einem Lächeln wie Brad Pitt, bereit sie in sein Büro zu holen und ihnen ein paar Minuten Aufmerksamkeit zu schenken, bevor auch er zu einem dringenden Termin in die Strandvogelvoliere musste.

Das Büro war klein und ziemlich ausgekühlt, denn trotz des kalten Wetters stand das Fenster zum Park sperrangelweit offen. »Es ist wegen des neuen Teppichbodens«, verriet Herr Knöpfle, der Isys Blick bemerkt hatte. »Er stinkt! Wir lüften ihn gerade tüchtig aus.«

Dann bot er ihnen Platz an und hockte sich selbst auf die Kante seines Schreibtisches, auf dem einige gerahmte Fotos standen. Isy fiel besonders das Bild einer jungen Frau mit langem, blondem Haar auf. Bestimmt seine Freundin. Dann berichtete sie ausführlich von dem Wettbewerb der Schule und vergaß auch nicht den ersten Preis zu erwähnen.

Für Herrn Knöpfle war klar, dass ihr Beitrag einfach der beste werden musste. »Philadelphia ist super!«, schwärmte er.

»Waren Sie denn schon da?«, erkundigte sich Amanda, doch der Zoologe schüttelte den Kopf und deutete auf das Foto mit der blonden Frau. »Leider nein. Aber meine Schwester Marcella, die in Stuttgart lebt, ist beruflich öfter drüben.«

Dann war das blonde Mädchen gar nicht seine Braut? Isy fragte sich, ob Benedikt sich jemals ein Bild von ihr auf den Schreibtisch stellen würde. Ha, das konnte sie wohl vergessen! Aber Herr Knöpfle war nicht nur ein netter Bruder. Er war auch ein starker Typ.

Mit Wohlgefallen stellte Isy fest, dass seine Jeans,

sein Pullover und seine blitzenden Augen die gleiche blaue Farbe hatten. Dazu war er auch noch toll braun. Besonders aber gefiel ihr sein gemütlicher Dialekt. Jedes Wort schien weich und rund aus seinem Mund zu plumpsen. Für ihre Bitte, sie mit Informationsmaterial einzudecken, zeigte er auch sofort Verständnis.

Sie erhielten aus seinem Schreibtisch die Hochglanzbroschüre mit Lageplan, die der zoologische Garten zu seinem 150-jährigen Bestehen herausgebracht hatte. Dann verschwand er bereitwillig im Büro des abwesenden Pressereferenten, um mit einem Arm voller Poster und Papiere zurückzukehren. Begeistert stopften sie alles in ihre Mappen.

Gerade aber, als Isy das Tonbandgerät in Gang setzte, um ihre ersten Fragen loszuwerden, sah der Zoologe diskret auf die Uhr. Sie verstanden den Wink und erhoben sich, doch Isy konnte ihre Enttäuschung kaum verbergen. So viele Dinge hatte sie noch wissen wollen!

»Könnten wir vielleicht noch einmal vorbeikommen?«, bat sie. »Wir wüssten nämlich gern, wie ein Zoo funktioniert.«

Herr Knöpfle, der schon in seine Wetterjacke geschlüpft war, öffnete die Tür. »Freilich! Ruft mich nur an! Dann machen wir einen neuen Termin und vielleicht sogar eine Führung.«

»Das wäre stark! Versprochen?«

»Versprochen!«

Gemeinsam verließen sie das Verwaltungsgebäude. Dann eilte der Zoologe mit einem freundlichen »Adele!« und weit ausholenden Schritten seinen Strandläufern zu.

Verblüfft sah Isy ihm nach. »Wieso sagt der ›Adele‹?«

»Weil er ein Schwabe ist!«, murmelte Amanda, die Weltbürgerin. »Die hängen gern ein ›le‹ hintenran.

Mein Vater nennt es das ›schwäbische Henkelchen‹!« Neugierig blätterte sie in der Jubiläumsbroschüre des Zoos. »Und was machen wir jetzt?«

»Bei den Pandas waren wir schon lange nicht mehr.«

»Pah! Pandas! Im Kino waren wir auch schon lange nicht mehr! Los, komm, ich lade dich ein!«

Sie verließen den Zoo und bummelten zu dem berühmten Kinopalast am Bahnhof, der gerade einen spannenden Aktionsfilm bot.

»Voll cooler Thriller!«, stellte Amanda zufrieden fest. »Bloß kein Tierfilm! Ich kann schon keine Tiere mehr sehen! Hab ich dir überhaupt schon erzählt, dass bei uns zwei große Seifentücke weiße Lux fehlen?«, erkundigte sie sich.« Rate mal, wer die gefressen hat!«

»Fressen Affen denn Seife?« Verblüfft begann Isy ihre Jeans nach Geld für Popcorn zu durchwühlen, als sie ein riesiger Schreck durchfuhr. Die lederne Geldbörse war da. Wo aber steckte um Himmels willen Amandas kleines Aufnahmegerät? Bei Herrn Knöpfle hatte sie es doch noch benutzt?

»Geh schon mal rein, Amanda, ich komme gleich nach!«, sagte sie kleinlaut. »Ich glaube, ich hab dein Tonband vergessen! Am besten, du legst meine Karte an der Kasse zurück!«

Dann rannte sie, ohne sich um Amandas entsetzte Miene zu kümmern, den Weg zurück. Vermutlich lief sie die Weltbestzeit für weibliche Siebtklassenschüler. Atemlos stürzte sie im Flur der Verwaltung an dem verdutzten Möhre vorbei, aber das Sekretariat war leer. Verwaist stand der Schreibtischsessel mit halber Drehung zur Tür. Aus dem Fax kroch surrend ein Blatt Papier.

Dann musste sie es eben bei Herrn Knöpfle selbst versuchen. Leise pochte Isy an die Tür, aber es rührte sich nichts. Der Schwabe schien noch im Gelände zu sein. Einen Augenblick zögerte sie. Dann drückte sie die Klinke nieder und betrat das Büro, das sie gerade erst verlassen hatte.

Das Fenster stand immer noch auf. Einer der beiden Fensterflügel schlug klappernd hin und her. Es war windig geworden. Das Wichtigste aber war, das Tonband lag auf dem Schreibtisch! Erleichtert nahm sie es an sich. Mal sehen, ob es was aufgenommen hatte. Neugierig betätigte Isy die Einschalttaste, doch sie stand schon auf Empfang. Merkwürdig. Sollte sie vergessen haben es auszuschalten? Prüfend ließ sie das Band zurücklaufen, als sie plötzlich das Flüstern einer Männerstimme hörte. Kein Irrtum, es kam aus dem Gerät. Noch bevor Isy begriff, wie das möglich war, hatte sie plötzlich das Gefühl am ganzen Körper zu erstarren. Der Unbekannte, der da leise zu jemandem sprach, redete von ihnen. Kein Zweifel! Er sprach von Amanda und ihr! Entsetzt und unfähig, sich von der Stelle zu rühren, lauschte Isy dem Fremden.

»Es handelt sich um zwei Mädchen!«, raunte er. »Eine Dicke und eine Dünne! Schätzungsweise dreizehn oder vierzehn Jahre alt! Sie sind mir aufgefallen, weil sie überall herumschnüffeln. Aber das Schärfste; sie quasseln was von Mafia und Auftragskriminalität!«

Einen Augenblick war es still auf dem Band. Dafür hörte man jetzt ein merkwürdiges, klapperndes Geräusch. Dann meldete sich die Flüsterstimme zurück. »Was meinst du? Ob ich mich mal um die beiden kümmere?«

Das war genug! Mit zitternden Fingern schaltete Isy das Gerät aus und stürzte aus dem Raum. Ihr Herz klopfte zum Zerspringen! Was hatte das zu bedeuten? Wer war dieser Mensch? Wie war seine Stimme auf das Band gekommen? Und woher wusste er das alles über sie?

Isys Gedanken überschlugen sich vor Panik. Das sah ja gerade so aus, als wären sie jetzt tatsächlich in Gefahr! Der Weg zurück erschien ihr endlos.

Verschwitzt und erschöpft holte sie ihre Eintrittskarte an der Kasse ab. Dann zog sie Amanda in der Dunkelheit des Kinosaales aus ihrem Samtsessel.

»He, was hast du?«, protestierte die, Popcorn kauend. »Setz dich lieber hin! Der Film ist superspannend!«

»Ich habe was viel Spannenderes für dich!«

8

Im Klassenraum hätte man eine Stecknadel zu Boden fallen hören können. Nach anfänglicher Unruhe saßen nun alle in der 7b über ihre Mathematikhefte gebeugt und konzentrierten sich für die Zeit einer Unterrichtsstunde auf die Lösung kniffliger Textaufgaben. Vom Sportplatz drang das dumpfe Schlagen der Bälle herauf und die Märzsonne prallte warm an die Fensterscheiben.

Als Erster trug Tannhäuser sein Heft zum Lehrertisch. Ihm folgte Jennifer und schließlich gab auch Isy ihre Arbeit ab.

Als sie an Amandas Bank vorbeikam, begegnete sie deren verzweifeltem Blick. Amanda war seit gestern völlig fertig. Jetzt hing sie doppelt durch. Erstens, weil sie in dieser Nacht kaum ein Auge zugemacht hatte, zweitens, weil sie die Katastrophe jeder Matheolympiade war.

Leise, damit sie die brütenden Köpfe um sich herum nicht störte, nahm Isy wieder Platz und begann ein Puzzlespiel.

Sie schrieb Namen und Orte auf, die ihr im Zusammenhang mit den Besuchen im Zoo einfielen. Viele waren es nicht. Sie hatten ja gerade erst mit den Erkundungen begonnen. Doch so sehr sie sich auch mühte die einzelnen Teile des Puzzles miteinander zu verbinden – es ergab einfach keinen Sinn!

Ihr erster Verdacht, dass es der Mann vom Wirtschaftshof gewesen sein könnte, der sie von den grünen Kisten verscheucht hatte, erwies sich als falsch. Er hatte einen unüberhörbaren Akzent gehabt. Die Frage blieb: Wer war ihr Feind? Warum beobachtete er sie heimlich und wem teilte er seine Beobachtungen mit? Und was hatte das komische Klappern zu bedeuten?

Ungezählte Male hatten Amanda und sie sich gestern noch das Tonband angehört und der Stimme des Unbekannten gelauscht. Schien Amanda anfangs besonders der Satz »Eine Dicke und eine Dünne!« auf die Palme zu bringen, wurde auch sie bald von Isys Angst angesteckt. Schaudernd machten sie sich klar, dass sie in etwas sehr Gefährliches hineingeschlittert sein mussten! Es sah aus, als wären sie jemandem völlig ahnungslos in die Quere gekommen, den ihre Vermutungen in puncto Auftragskriminalität in höchste Alarmbereitschaft versetzt hatten. Das Merkwürdigste aber war: Weder Amanda noch sie hatten bisher mit einem Dritten über ihren Verdacht gesprochen! Oder sollte Amanda doch geplaudert haben? Gleich nach der Stunde würde sie die Freundin befragen.

Es war, wie Isy vermutet hatte. Amanda wusste von nichts. Aber sie wurde ein bisschen rot dabei. Etwas musste ihr wohl eingefallen sein. Trotzdem schwieg sie hartnäckig und rückte erst auf dem Heimweg mit der Wahrheit heraus. Ja, sie hatte ein einziges Mal mit jemandem über die Mafia gesprochen. Dabei könnte auch das Wort »Auftragskriminalität« gefallen sein.

»Und mit wem?«

»Mit Möhre!«, gab Amanda widerstrebend zu.

»Was? Du triffst dich mit Möhre?«

»Es war neulich, als wir im Affenhaus waren!«, verteidigte sich Amanda gekränkt. »Du hast uns doch selbst gesehen! Im Grunde wollte ich bloß wissen, ob was dran ist an all dem Quatsch, den du von der Mafia erzählt hast, und ob im Zoo wirklich ein Affe fehlt.«

Möhre also! Möhre, dessen Arbeitsplatz das Affenhaus war! Und war es nicht ausgerechnet Möhre gewesen, dem sie gestern Nachmittag in der Verwaltung begegnet war? Doch es war nicht Möhres Stimme auf dem Band. Die hätten sie erkannt.

»Hast du ihm von dem Affen erzählt?«

»Bin ich blöd?«, fragte Amanda wütend. »Und überhaupt! Glaubst du vielleicht, dass Möhre ein Mafioso ist?«

»Wie soll ich das wissen? Auf jeden Fall müssen wir uns was einfallen lassen!« Ratlos hauchte Isy Wärme in ihre Hände. »Wie heißt er eigentlich richtig?«

Sie standen wieder vor dem kleinen Reisebüro, das noch immer mit dem lebensgroßen Kamel und der Plastikpalme im Schaufenster für einen Ostertrip nach Ägypten warb. Es musste herrlich sein, jetzt in die Sonne zu düsen!

»Patrick Talke!«

»Patrick?« Isy fand, dass der Name passte. Dann drängte sie heim. »Ich muss los! Mein Magen knurrt!«

»Komm doch mit zu mir!«, schlug Amanda vor. »Ich mache uns Spaghetti negri«!

Spaghetti negri waren schwarze Nudeln, mit Tintenfischblut gefärbte Pasta, die im ungekochten Zustand einem Bündelchen Blumendraht nicht unähnlich sah.

Mit Spaghetti hatte Amandas Kochkarriere letzten Herbst in Altgrünheide begonnen und seitdem war die Freundin dank der edlen Spenden ihres begeisterten Vaters zu einem wahren Küchenwunder mutiert. Von den ständigen Diäten ihrer Mutter genervt, füllte sie kühn Canelloni, zauberte Pizza, mischte Salat und probierte sogar Polenta, die Lieblingsspeise ihres Dad. Nicht alles, was sie unerschrocken anpackte, gelang auf Anhieb, aber Amanda werkelte mutig weiter.

Was sie allerdings an ihren Spaghetti negri fand, das würde wohl ihr Geheimnis bleiben. Trotz reichlich Butter und geriebenem Käse schmeckten sie wie feuchte Pappe. Aber sie machten satt.

Sie saßen in der weißen Luxusküche der riesigen Wohnung und hinter ihnen thronte Monki, wie Amanda das Äffchen inzwischen getauft hatte, auf dem Kühlschrank und verzehrte eine Banane. Seine Vorliebe für Badeseife war ihm nicht anzumerken.

»Sieht aus, als hätte er sich schon richtig eingelebt.«

»Sag das nicht! Unsere Putzfrau droht, dass sie kündigt, wenn er noch länger bleibt!« Vorwurfsvoll schob Amanda ihren Ärmel zurück und zeigte Isy vier verblasste rote Pünktchen. »Das haben wir alle. Bestimmt hat er Flöhe! Meine Mutter nervt jeden Tag, wann der Platz im Tierheim endlich frei wird! Warum lässt du dir nicht endlich was einfallen? Wo soll ich denn hin, wenn sie dahinter kommt, dass ich sie die ganze Zeit beschwindelt habe, und sie mich rauswirft? Dann komme ich mit Monki zu dir! Darauf kannst du dich verlassen!«

»Hör zu! Ich hätte eine Idee. Aber sie ist echt verrückt! Außerdem müsstest du mir noch ein, zwei Tage Zeit lassen.«

»Ich lasse dir auch drei Tage Zeit! Du hast keinen Schimmer, was ich durchmache!« Amanda holte ein Tuch hervor und putzte sich bekümmert die Nase. Dann langte sie noch einmal kräftig bei den Nudeln zu, die aufgequollen eher anthrazitfarben aussahen, und begann von ihrem letzten Traum zu erzählen. Sie hatte schon wieder ein Dinner gekocht.

»Allerdings nur für meine Eltern. Aber als das Dinner fertig war, stand plötzlich eine polynesische Reisegruppe vor unserer Tür und behauptete, ich hätte sie eingeladen. Natürlich reichte das Essen überhaupt nicht, aber alle waren schrecklich hungrig und machten einen Höllenlärm mit ihrem Besteck. Mir dröhnen noch die Ohren!«

»Warum hast du sie nicht zu McDonald's geschickt?«, fragte Isy belustigt. »Träume hast du!«

Nach dem Essen gingen sie in Amandas Zimmer, wo sie lange schwärzliche Räucherstäbchen anzündeten.

Dann gab Amanda ihrem Lieblingskaktus ein Tröpfchen Wasser und legte eine CD der Kelly Family auf. Isy war froh, dass es nicht schon wieder »Candle in the wind« war, denn Amanda hörte sich den Elton-John-Song meistens mehrmals hintereinander an und wurde immer trauriger dabei.

Sie hatte es sich in Amandas durchsichtigem blauen Sessel bequem gemacht, der wie eine Luftmatratze aufgepustet war. Er war der absolute Knaller aus einem Japan-Shop. Es war klar, dass eine Luxusfrau wie Amanda ihn unbedingt zu Weihnachten unter dem Tannenbaum haben musste.

Und während sich geheimnisvoller, fremdartiger Duft im Raum verbreitete, dachte sie darüber nach, wie man den rothaarigen Tierpfleger aus dem Affenhaus zum Reden bringen konnte. Ob er sie überhaupt ernst nahm?

»Ich glaube, du wirst wieder eine mit Möhre paffen müssen!«, überlegte sie laut.

»Wieso immer ich?«, fragte Amanda empört.

»Weil ich nicht rauche, Liebling! Außerdem hält er dich für älter!«

Es fiel Isy schwer, ernst zu bleiben, aber nachdem sie sich mit dieser kleinen Schmeichelei Amandas Wohlwollen gesichert hatte, fuhr sie mit ihren Plänen fort. »Wir müssen herausfinden, ob er zur Mafia gehört oder nur alles weitergetratscht hat. Und auch, ob er Gruftis kennt. Am Telefon jammerst du, dass du in großen Schwierigkeiten bist, weil du ihm vertraut hast. Du fühlst dich beobachtet und er soll dir unbedingt helfen, wenn er was weiß. Appelliere an seine Ehre!«

»Und du meinst, das klappt?«

»Wenn du ihn wieder so anhimmelst?«

»Ho, ho, ho!«, plusterte sich Amanda auf. »Auf Rothaarige steh ich überhaupt nicht!«

Aber sie willigte ein, sich mit Möhre zu verabreden, und Isy wählte die Nummer des Zoos. Dann gab sie Amanda den Hörer. »Was soll ich sagen, wer dran ist?«, stammelte diese aufgeregt.

»Sag einfach, du bist seine Mutter!«

Es dauerte ein Weilchen, bis Amanda angehört wurde und noch länger, bis sie endlich den gewünschten Gesprächspartner hatte.

»Hallo, Möhre!«, kicherte Amanda. »Hier spricht Mama!«

9

Zwei Tage später war es so weit. Möhre hatte bei dem Telefonat mit Amanda nach einigem Zögern die Zentrale Krokodilhalle im Aquarium als Treffpunkt vorgeschlagen.

Doch bevor sie sich auf den Weg zum Zoo machten, besuchten sie noch das kleine Reisebüro, das auf ihrem Schulweg lag, und als sie es wieder verließen, war das Schaufenster um eine echte Attraktion reicher. In der grünen Plastikpalme, direkt neben dem lebensgroßen Kamel, turnte fröhlich ein Äffchen herum. Die Besitzerin des Reisebüros hatte Monki mit offenen Armen aufgenommen. Schließlich war sie vom Fach und hatte einige Jahre in der Tierarztpraxis ihres Vaters gearbeitet, bevor sie einen Reisekaufmann heiratete. Bis zur Umgestaltung der Osterdekoration würde Monki hier erst einmal in den besten Händen sein. Erleichtert fuhren sie in die Stadt.

»Es tut mir Leid, aber eure Tasche ist immer noch nicht abgegeben worden!«, rief ihnen der Pförtner nach, als sie die Treppe des Aquariums hinaufstürmten, um kurz vor der verabredeten Zeit die Holzbrücke der zentralen Krokodilhalle zu betreten, die das gläserne, mit dichtem Dschungelgrün bewachsene Mittelstück des ersten Stockwerks bildete.

Sofort kam ihnen ein Schwall feuchter, nach Aas riechender Luft entgegen, die ihnen fast den Atem verschlug.

Möhre war noch nicht gekommen. Die Brücke war leer.

Mit gemischten Gefühlen blickten sie über das Geländer. Unter ihnen, an einem künstlichen Wasserlauf, zwischen tropischen Pflanzen und kieseligem Gestein, lagen die regungslosen Körper der großen Panzerechsen wie aus grauem Beton.

»Weißt du noch, Jurassic Park?«, näselte Amanda, die sich die Nase zuhielt. »Wie die Saurier plötzlich am kalten Buffet auftauchten und die Kinder in die Küche jagten?«

Auch Isy blickte mit leichtem Gruseln in den Abgrund. Zwar waren die Alligatoren keine Riesensaurier, dafür aber waren sie im Gegensatz zu den Computermonstern des Filmes echt.

Auf den ersten Blick wirkten sie erstarrt, fast schläfrig, aber Isy wusste, dass sie nur darauf lauerten, dass ihnen etwas Leckeres vor die Nase fiel. Zum Beispiel Amanda oder sie. Wahrhaftig kein romantischer Ort, den der Tierpfleger da vorgeschlagen hatte. Ob vielleicht eine Absicht dahinter steckte? Einen Moment zögerte Isy die Freundin allein zu lassen. Dann riss sie sich zusammen und beugte sich an Amandas Ohr: »Ich hau jetzt ab! Keine Angst, ich beobachte euch!«

»Warum soll ich denn Angst haben?«, näselte Amanda.

Wie gut, dass sie eine so unterentwickelte Phantasie hatte!

Rasch verließ Isy die Brücke, um sich außerhalb der Krokodilhalle im Blattwerk eines riesigen Gummibaumes zu verbergen, von wo sie einen guten Blick auf die wartende Amanda hatte. Auch mögliche Hintermänner Möhres würde sie so leicht ausmachen können. Allerdings wurde ihre Geduld auf eine harte Probe gestellt. Endlich leuchtete am gegenüber liegenden Ende der gläsernen Halle ein flammend roter Haarschopf auf. Möhre! Allerdings war er in seinen Privatklamotten kaum wieder zu erkennen. Statt der üblichen Dienstbekleidung trug er eine schwarze Lederkluft, in der er deutlich verschärft aussah. Sein Anblick brachte Isy blitzartig auf eine Idee. Das musste sie Amanda sagen! Zunächst aber bemerkte sie, dass Patrick Talke ganz schön nervös war. Ständig sah er sich nach allen Seiten um. Ein klarer Fall von Verfolgung!

Doch bevor sie noch einen möglichen »Schatten« ausspähen konnte, strebte der Tierpfleger schon wieder dem Ausgang zu. Dieses Mal auf ihrer Seite. Rasch zog sich Isy tiefer in ihre botanische Tarnung zurück. Das fehlte noch, dass ihr dieser Möhre auf die Zehen trat! Wieso haute der denn schon wieder ab? Auch Amanda zeigte sich verdrossen, als Isy auf der Brücke erschien.

»Spinnt der?«, maulte sie. »Erst Krokodilhalle! Jetzt plötzlich Nachttierhaus! Ich soll in zehn Minuten dort sein.«

Das Nachttierhaus befand sich im Untergeschoss des Raubtierhauses. Sie hatten sich seinen Besuch schon lange vorgenommen. Möhre musste sich also blitzschnell entschieden haben seine Beschatter durch einen Ortswechsel abzuhängen.

Gespannt verließ Isy das Aquarium, die mürrische Amanda im Schlepptau. Auf ihrem Weg zum neuen Treffpunkt begegneten sie einer Gruppe Gärtner, die Kisten voller jeansblauer Stiefmütterchen und Kugelprimeln in den verkrusteten Boden des Geländes setzten. Der Zoo schien sich langsam auf den traditionellen österlichen Besucheransturm vorzubereiten. Der Geruch der frischen Erde rief Isys Erinnerungen an Oma Doras Garten wach. Seit sie denken konnte, gab es dort für sie ein Beet, in das sie pünktlich in jedem Frühjahr den geheimnisvollen Inhalt bunter Samentütchen streute, um ungeduldig auf das Ergebnis ihrer gärtnerischen Bemühungen zu warten.

»Hast du gehört? Sie haben die Tasche noch immer nicht!«, platzte Amanda plötzlich los. »Ich hab's ja gleich gewusst! Von dem Grufti hören wir sowieso nichts mehr!«

»Abwarten!«

»Das sagst du so! Im Grunde hätten wir Monki auch gleich an das Reisebüro verkaufen können!«

»Vorhin warst du froh, dass es überhaupt geklappt hat! Was ist denn los mit dir? Machen deine Eltern wieder Terror?«

»Die? Die sind stumm wie die Fische! Die haben Tonstörung!«

Es war nicht das erste Mal, dass Amanda davon berichtete, dass ihre Eltern nicht miteinander redeten. Das musste grässlich für sie sein. Ihre Eltern, dachte Isy, schrien sich zwar auch manchmal an. Aber dann war wieder Ruhe im Karton.

»Hoffentlich hast du jetzt keine Tonstörung, Amanda! Alles hängt nämlich davon ab, wie gut du ihm auf den Zahn fühlst!«, mahnte sie, als sie endlich das Raubtierhaus erreicht hatten und in das Kellergeschoss hinabstiegen.

Doch bevor Amanda antworten konnte, gerieten sie schlagartig in eine Finsternis. Was war denn hier los? Stromausfall? Auch Amanda blieb ruckartig stehen. »Willst du etwa weitergehen?«, hauchte sie entgeistert.

»Na, hör mal, du bist verabredet!«

Vorsichtig tastete sich Isy vorwärts, bis sie auch andere Leute schemenhaft wahrzunehmen vermochten. Merkwürdigerweise schien sich niemand an der Finsternis zu stören. Behutsam bewegten sich die Besucher durch den Raum.

Isy hielt Amandas Hand wie einen Schraubstock umschlossen.

Allmählich gewöhnten sich ihre Augen an die Dunkelheit. Es wurde erkennbar, dass ringsum an den Wänden hinter schwach beleuchteten Glasscheiben Tiere lebten, die in einer Art künstlichem Mondlicht ihrem Tagwerk nachgingen. Ach, so war das! Nun ging ihr ein Licht auf. Mit dem Trick, den Tag zur Nacht und die Nacht anschließend mittels elektrischer Beleuchtung zum Tage zu machen, war es möglich geworden, den Lebensrhythmus der Nachttiere umzustellen und den Besuchern das aktive Nachtleben der Tagesschläfer sichtbar zu machen. Wie aber sollten sie hier Möhre finden?

Amanda schien dasselbe zu denken. »Glaubt der vielleicht, ich spiele mit ihm ›blinde Kuh‹?«, flüsterte sie empört.

»Sei lieb!«, bat Isy. »Oder willst du, dass wir nie herausfinden, wer uns im Zoo beobachtet?«

»Aber es ist so unheimlich hier!«

»Möhre fühlt sich hier sicherer als in der Halle!«, raunte Isy. »Ich wollte es dir eigentlich nicht sagen, aber ich glaube, er wird verfolgt. Wetten, dass er hier irgendwo auf dich wartet? Geh nur ruhig los!«

Es war zu dunkel, um die Angst in Amandas Augen zu erkennen.

»Und du?«

»Ich warte hier. Ruf, wenn was ist!«

Einen langen Augenblick war nur Amandas Atem zu vernehmen.

Dann verschwand sie in der Dunkelheit.

Erleichtert schaute sich Isy um. Sie stand direkt vor der Riesenscheibe eines Terrariums. Es war, wie das matt beleuchtete Hinweisschild verriet, das Zuhause einer Familie von Erdferkeln, die hochbeinig, schlappohrig und mit langen Rüsseln wie Comicfiguren durch die künstliche Mondnacht flitzten. Das Lied der Prinzen fiel ihr ein: Du musst ein Schwein sein in dieser

Welt, ein Schwein sein … Eine Zeit lang hatten es Amanda und sie auf Schritt und Tritt gesungen.

Hoffentlich kriegte Amanda was aus Möhre raus. Isy wusste zwar nicht, warum, aber sie verspürte eine merkwürdige Unruhe. Etwas lag in der Luft. Man konnte es förmlich fühlen. Hatte sie sich von Amandas Ängstlichkeit anstecken lassen?

Entschlossen widmete sie sich dem Nachbarn der Erdferkel, einem australischen Riesenmaulwurf, als sie plötzlich den Schrei hörte. Sie hatte es geahnt! Das musste Amanda sein! Ohne zu überlegen, stürzte Isy los. Rempelte Leute an, stieß sich das Knie, bis ihr Amanda irgendwo in der Dunkelheit in die Arme sank. »Was ist passiert?«, keuchte sie. »Wo ist Möhre?«

»Weiß nicht!«, stammelte Amanda. »Dort hinten in der Ecke liegt einer! Ich bin beinahe über ihn gestolpert!«

Was sagte Amanda da? Mit weichen Knien tastete sich Isy weiter und erschrak: Vor der matt beleuchteten, gläsernen Eckwand lag tatsächlich eine reglose Gestalt.

»Hilfe!«, rief sie zaghaft. »Hilfe! Hier liegt einer!«

Im Nu kam Bewegung in die Dunkelheit. Menschen, die sie in der Finsternis nur schemenhaft wahrgenommen hatte, stürzten auf sie zu, aufgeregte Stimmen überschlugen sich. Ein Mann rief nach einem Sanitäter und eine brüchige Frauenstimme behauptete gleich in Ohnmacht zu fallen.

Isy bückte sich als Erste zu dem Körper am Boden. Sie konnte zwar nur seine Umrisse erkennen, aber sie fühlte das kühle glatte Leder einer Jacke. Dann wurde sie beiseite gedrängt und einige der Schattenmänner nahmen den leblosen Körper auf und trugen ihn an Amanda und ihr vorbei aus dem Raum. Stumm liefen sie hinterher, die Stufen in die Halle hinauf. Dort blinzelten sie verstört ins Licht und warfen einen scheuen Blick auf die reglose Gestalt. Es war Möhre!

Einige Besucher und Mitarbeiter des Zoos mühten sich rührend um den Bewusstlosen. Isy erkannte unter ihnen die Sekretärin des Direktors und die alte Dame mit dem grauen Löckchendutt. Natürlich standen auch genügend Neugierige herum, wie immer, wenn es etwas zu sehen gab. Zu ihrem Ärger ließen sich zwischen all den fremden Köpfen auch Tannhäusers verwaschener Pudel und Gummibärchens blauweißes Basecape entdecken.

Wurden sie die verdammten Kerle denn nie los?

Mit bleichen Lippen klammerte sich Amanda an ihr fest. »Ist er tot?«, hauchte sie tonlos.

»Quatsch! Er hat bloß was auf den Kopf gekriegt!«

Das sollte beruhigend klingen, dabei schlug auch Isys Herz wild und aufgeregt. War sie nicht von Anfang an überzeugt gewesen, dass sie wieder in einen Kriminalfall verwickelt waren? Nun musste ihr Amanda endlich glauben!

Während die Retter um Möhre den herbeieilenden Sanitätern Platz machten, zog Isy die Freundin beiseite. »Ist dir nichts an seiner Kleidung aufgefallen?«, flüsterte sie. Amanda legte den Kopf schief. »Total cool!«, stellte sie fest.

»Total schwarz!«, zischte Isy. »Möhre ist selber ein Grufti! Was sagst du jetzt?« Dann hielt sie Amanda einen Zeitungsschnipsel unter die Nase. »Das hatte er in der Hand, als man ihn fand. Ein Glück, dass ich mich zuerst gebückt habe!«

»Und was ist das?«

»Scheint eine Nachricht für dich zu sein!«, stellte Isy fest. »Es handelt sich um ein Kochrezept: ›Risotto nach Räuberart‹! Sagt dir das was?«

10

Das Rezept sagte Amanda nichts. Sie schwor, mit Möhre überhaupt nicht über Kochrezepte gesprochen zu haben.

Natürlich wusste sie, dass Risotto ein italienisches Reisgericht war. Warum Möhre aber ausgerechnet dieses Rezept in der Hand gehabt hatte, das wusste sie nicht.

Auch die Rückseite des Papierstücks brachte keinen Aufschluss. Es war ein Nest mit Eiern; ein Fotomotiv, das man zur Osterzeit häufig in den Illustrierten fand. Es schied aus.

»Vielleicht soll das Risotto ein Hinweis auf die italienische Mafia sein? Eine Bedeutung muss es doch haben!«, bohrte Isy.

Die Bedeutung jedoch kannte leider nur Möhre. Und der war seit dem Unfall im Nachttierhaus wie vom Erdboden verschluckt.

Es hieß, er habe nach seiner raschen Genesung von der Gehirnerschütterung seinen Resturlaub genommen und sei mit seiner Freundin auf die Malediven geflogen. Das war natürlich ein Trick. Patrick Talke, genannt Möhre, war einfach verduftet und ließ sie und Amanda allein gegen die Mafia zurück.

So war der Stand der Dinge, als Amanda sie zu einem Pistazieneis bei ihrem Lieblingsitaliener Georgio einlud.

Auch Isy mochte das Café, in dem alles so geheimnisvoll zu schimmern schien, wie das Innere einer Muschel; die zarten Seidenvorhänge, die Leuchter, die

Karaffen und Gläser auf den weißen Tüchern und sogar Signore Georgios schwarze Augen, mit denen er unermüdlich über das Wohl seiner Gäste wachte. Aber heute war es nicht wie sonst. Stumm löffelte jede von ihnen ihr Gefrorenes.

»Glaubst du auch, dass er in einem Sarg pennt?«, unterbrach Amanda schließlich das Schweigen.

»Möhre?«, fragte Isy. Aber die Frage war unnötig. Amanda sprach ja von nichts anderem mehr. »Quatsch! Nicht alle schlafen in Särgen!« Dann versanken sie wieder in Schweigen.

»Sie werden uns umbringen!«, orakelte Amanda nach einer Weile düster. »Lass uns lieber noch eine große Portion nehmen!«

»Lass uns lieber überlegen, wer uns aus dem Schlamassel heraushelfen könnte!«

»Die Polizei?«

»Keine Polizei!«, widersprach Isy. »Sollen die sich etwa krummlachen? Was haben wir denn außer Vermutungen zu bieten?«

»Aber das Band! Wir haben seine Stimme!«

»Wir können ja nicht einmal erklären, wie die Stimme auf das Band geraten ist. Die halten uns schlicht für beknackt!«

Isy kratzte das letzte grüne Rinnsal aus dem Eisbecher. »Wir müssen jemanden finden, dem man vertrauen kann!«

»Da fällt mir nur einer ein.«

»Mir auch«, sagte Isy. »Hast du deine Telefonkarte dabei?«

Sie trafen Herrn Rimpau nicht daheim, sondern, der Anweisung seines Anrufbeantworters folgend, in einem Haus, in dem sie ihn bestimmt nicht vermutet hätten; im Krankenhaus!

Das lag direkt in der City und nachdem sie es gefunden hatten und man ihnen die richtige Station gewiesen hatte, war nur noch eine barsche, rotblonde Oberschwester mit tiefer Stimme zu überwinden, bis sie endlich ein wenig verlegen vor dem Autor standen.

Es roch apothekenhaft streng in dem kleinen Zimmer und durch die straff gespannte Krankenhausgardine streute eine freundliche Nachmittagssonne verschwenderisch zarte Lichtmuster auf Herrn Rimpaus Bett.

Auf dem Nachttisch standen eine Flasche Mehrfruchtsaft, ein Glas Wasser, ein blühendes Azaleentöpfchen und das Foto einer dunkelhaarigen Frau im Skianzug.

Der Autor selbst lugte mit blasser Nase aus den Kissen.

»Ihr?«, fragte er verblüfft. »Dann muss es aber brennen!«

»Es ist immer noch die Zoogeschichte!«, platzte Isy heraus.

»Der Grufti meldet sich nicht und dauernd passieren irgendwelche geheimnisvollen Dinge!«

»Hoffentlich hat euch mein neuer Krimi keine Flausen in den Kopf gesetzt?«, argwöhnte Herr Rimpau und deutete auf zwei Stühle, die an dem kleinen Tisch standen. »Ich will keine alten Geschichten aufwärmen, aber ihr wisst, ihr habt manchmal eine etwas zu blühende Phantasie, meine Lieben!«

»Ich nicht!«, widersprach Amanda, die gern behauptete eine Phantasie wie ein Grottenolm zu haben. »Isy ist es! Das weiß ja jeder!«

Dann rückten sie die Stühle ans Bett und begannen ihren Bericht. Sogar das Tonband mit der Flüsterstimme hatten sie dabei. Auf Herrn Rimpaus Wunsch spielten sie es mehrmals ab.

Als die Geschichte mit Möhres K. o. im Nachttierhaus geendet hatte, lag der Autor lange schweigend in seinem Bett.

Isy dachte schon, er sei eingeschlafen, als er plötzlich die Augen öffnete. »In welchem Stockwerk liegt denn das Büro?«

»Im Erdgeschoss.«

»Und das Fenster? Stand es während eures Besuches auf?«

»Nein«, behauptete Amanda. »Es war zu.«

»Red doch keinen Quatsch!«, empörte sich Isy. »Es stand sperrangelweit auf! Mir war richtig kalt. Herr Knöpfle hat noch gesagt, dass der neue Teppich so stinkt.«

»War es auch noch geöffnet, als du zurückkamst?«

Isy nickte. Sie erinnerte sich genau.

»Irren ist menschlich!«, triumphierte Amanda. »Ich sehe es noch genau vor mir, wie Herr Knöpfle es geschlossen hat.«

»Nimm dir mal die Spinne vom Kragen! Es war auf! Ich dachte nämlich noch, warum klappert denn der Fensterflügel so? Ob Wind aufgekommen ist?« Isy strich sich ihre widerspenstigste Locke aus der Stirn. »Außerdem warst du gar nicht dabei!«

»Und wo befand sich das Tonbandgerät?«, fragte Herr Rimpau, unbeeindruckt von ihrem Gezänk.

»Auf dem Schreibtisch.«

»Und der stand direkt vor dem offenen Fenster?«

»Genau!«, sagte Isy verblüfft. In diesem Augenblick begriff auch sie, wie die Stimme auf das Band geraten war.

»Er hat mit einem Handy direkt vor dem offenen Fenster gestanden, nicht wahr?«

»Ja. Er hat euch vermutlich mit dem Zoologen weggehen sehen. Außerdem genügte ein Blick in das geöffnete Fenster, um zu sehen, dass das Büro leer war.

Jedenfalls fühlte er sich sicher. Was er nicht ahnen konnte, war, dass dort ein vergessenes, versehentlich noch eingeschaltetes Tonband lag, das zum Zeugen seines Handy-Gespräches wurde. Und auch das Klappergeräusch dürfte damit erklärt sein.«

»Wow!«, hauchte Amanda. »Wissen Sie vielleicht auch, wer Möhre niedergeschlagen hat?«

Herr Rimpau schüttelte den Kopf. Er sah jetzt sehr müde aus.

»Oder sagt ihnen das Rezept ›Risotto nach Räuberart‹ was?«

»Klingt lecker!«, seufzte Herr Rimpau. »Ich kriege hier leider nur Reisschleim.«

»Wir haben Sie ganz schön angestrengt!«, sagte Isy mitleidig.

»Nur noch eine Frage. Finden Sie, dass wir uns mal den Wirtschaftshof vorknöpfen sollten? Es gibt dort jede Menge geheimnisvoller, grüner Kisten, die an einer Verladerampe stehen. Ein Mann hat uns ziemlich wütend weggescheucht. Der hatte bestimmt was zu verbergen!« Isy verspürte plötzlich ein Kribbeln in der Nase und nieste gerade noch rechtzeitig in ihr Taschentuch. »Natürlich müssten wir abends hin, wenn alles ruhig ist!«

»Das lasst mal schön bleiben!« Der Autor klang erschreckt. »Wenn ihr meinen Rat wollt; stellt die Zoobesuche vorläufig ein! Zugegeben, es klingt alles ein bisschen wirr und vielleicht sind es nur harmlose Zufälle, aber falls mehr dahinter steckt; diese Mafia versteht keinen Spaß, Mädels!«

»Waren Sie denn bei Ihren Nachforschungen für *Ein Mord zu viel im Zoo* auch gefährdet?«

»Kaum. Ich hatte ja meinem alten Freund F. B. im Rücken. F. B. ist ein anerkannter Mafia-Spezialist. Einiges habe ich mir natürlich auch ausgedacht.«

Herr Rimpau griff nach dem Glas auf dem Nachtschrank und nahm einen Schluck.

»Ich finde es sowieso unglaublich, wo Sie immer Ihre Ideen herhaben!«, sagte Isy bewundernd.

»Oh, ein alter Spruch sagt, die Ideen liegen auf der Straße!« Herr Rimpau richtete sich etwas in seinen Kissen auf. »Also, kein unnötiges Risiko, meine Lieben. Keine Besuche mehr im Zoo, bis ich wieder auf den Beinen bin! Versprochen?«

»Und wann sind Sie wieder auf den Beinen?«

»In drei Wochen etwa. Die Galle ist ja gerade erst raus.«

»So viel Zeit haben wir nicht!«, sagte Isy bestürzt. »Dann ist unser ganzer Vorsprung vor Tannhäuser und Gummibärchen hin!«

»Versprochen?«, fragte der Schriftsteller unbeirrt.

»Ich würde es Ihnen ja sofort versprechen!« Amanda schielte zu Isy. »Aber Sie kennen ja Isolde! Die packt schon ihren Koffer für Philadelphia!«

In der Tat machte Isy ein Gesicht wie zehn Tage Regenwetter, doch als ihr der Autor die Hand hinstreckte, schlug sie schließlich widerstrebend ein.

Ihr Groll hielt auch auf dem Heimweg noch an. Warum hatten sie sich bloß dieses Versprechen abringen lassen? Schließlich waren sie zu Herrn Rimpau gegangen, um Rat zu erhalten und nicht, um Zooverbot zu bekommen. Wenn sie sich wirklich an die Abmachung hielten, konnten sie sich die Reise endgültig in die Haare schmieren! Bye-bye, Amerika! Oder, wie Herr Knöpfle sagen würde, adele, Philadelphia!

Inzwischen waren sie an der Bushaltestelle angekommen, wo sich Amanda auf der bekritzelten Bank des Wartehäuschens zwischen zwei Frauen niederließ und ihren dunkelblau lackierten, abgebrochenen Daumennagel zu feilen begann.

»Denkst du, ich weiß nicht, dass du sauer bist?«, fragte sie Isy, die mit vorgeschobener Unterlippe den Fahrplan studierte. »Aber wir könnten vielleicht bei Sassi und Bini am Märchenbrunnen mitmachen. Da gibt's wenigstens keine Gangster!«

»Ich bin entzückt, dass du nicht wieder von deinem Schloss anfängst!«, sagte Isy spöttisch. »Der Bus kommt!«

Durch die bunte Blechkarawane der Autos schob sich gemächlich der Leib eines gelben BVG-Riesen auf die Haltestelle zu.

Natürlich gab es am Märchenbrunnen keine Mafia. Aber glaubte Amanda wirklich, dass sie mit einem Beitrag über Rotkäppchen und den steinernen Wolf Amerika erobern würden?

»Wetten, dass Tannhäuser und Gummibärchen vor Freude tanzen, wenn wir ihnen den Zoo überlassen?«, sagte sie zornig, als Amanda sich endlich aus dem Wartehäuschen bemühte und der Bus mit den zischend aufgehenden Türen am Bordstein hielt.

»Frag sie doch selbst!«, schlug Amanda vor und zeigte auf die Träger eines blauweißen Basecapes und einer verwaschenen Wollmütze, die gerade den Bus verließen und auf der anderen Straßenseite verschwanden. Das durfte nicht wahr sein!

War das ein Spuk oder waren das wirklich Reginald und Hagen? Ungläubig starrte Isy ihnen nach. Wo wollten die denn hin? Das musste sie wissen! Spontan zog sie die Freundin über die Fahrbahn.

»He, unser Bus!«

»Wir nehmen den nächsten!«

Feuer und Flamme begab sich Isy auf die Spur der Mitschüler. Ihr Detektivsinn war erwacht.

Nach einigen Straßenzügen mit alten Mietshäusern, Läden und Cafés, führte Gummibärchens und Tannhäusers Weg eine Weile direkt an dem parkartigen Areal des Tiergartens entlang, bis sie hinter einer Brücke scharf in das Gelände einbogen. Hier folgten sie auf einem sandigen Uferpfad dem Lauf des Kanals, der den Tiergarten wie ein flüssiges, schimmerndes Band begrenzte. Es roch nach altem Laub und Isy hörte die erste Amsel in diesem Frühling singen.

»Noch weiter?«, japste Amanda. »Hier ist ja schon Taiga!«

»Ich hab einen Verdacht!«, flüsterte Isy und zog die Freundin hinter dichtes Gestrüpp. Gerade rechtzeitig. Denn in diesem Augenblick drehten Tannhäuser und Gummibärchen prüfend die Köpfe. Dann ging alles blitzschnell. Die Jungen erklommen einen schwarzen Metallzaun und entschwanden ihrem Blick. Ach, so machten die das!

»Los hinterher!«, forderte Isy und hievte die sich sträubende, zappelnde Amanda über den Zaun. Dann zog sie sich selbst an den Metallstreben hoch und sprang leichtfüßig hinterher.

»Würdest du mir mal verraten, wo wir sind?«, schnaufte Amanda, aber Isy packte nur ihre Hand und zog sie durch das Gebüsch auf einen Weg, auf dem auch andere Leute gingen. Neben einer Voliere blieb sie stehen. Ein Schild erkläre, dass es sich bei den Vögeln auf den kahlen Bäumen um Kuhreiher handelte.

»Weißt du es jetzt?«

Ja, jetzt wusste Amanda es auch. Kein Zweifel, sie waren im Zoo.

»Aber dann haben wir unser Versprechen ja schon gebrochen!«, rief sie entsetzt.

»Na und? Konnten wir vielleicht wissen, dass das hier Zoogelände ist?« Isys Stimme klang herausfordernd. »Außerdem, ist dir jetzt klar, warum Tannhäuser und Gummibärchen keine Sondergenehmigung brauchen? Die haben nämlich ihren eigenen Eingang. Aber nicht mehr lange. Wetten, dass sie Zooverbot kriegen, wenn wir sie verpetzen?«

»Ist das nicht gemein?«

»Klar ist das gemein. Aber anders werden wir die nicht los!«, entgegnete Isy hitzig. Dann sah sie sich zufrieden um. »Merk dir die Stelle, Amanda! Hier steigen wir morgen Abend ein!«

11

Es gab Stunden, in denen musste man einfach allein sein.

Isy hatte sich nach Benedikts Vorbild ein Schild mit der Aufschrift »Vorsicht! Vermint!« an die Tür gehängt, bevor sie es sich mit einem neuen Krimi und der schnurrenden Selma auf ihrer Liege gemütlich gemacht hatte. Doch so sehr sie sich auch mühte; es gelang ihr einfach nicht, sich auf etwas anderes als den bevorstehenden Abend zu konzentrieren.

Schließlich blieb ihr nichts anderes übrig, als das Buch beiseite zu legen und sich wieder an ihr Schreibpult zu setzen.

Vor ihr lag der Schulatlas.

Sie hatte nicht gezählt, wie oft sie in den letzten beiden Wochen mit dem Zeigefinger den himmelblauen Papieratlantik überquert hatte, um das winzige rote Pünktchen auf dem bräunlich grünen Festland Amerikas zu finden, das Philadelphia hieß. Wie viele in der Klasse mochten das Gleiche tun?

Nein, sie hatte keine Lust sich wegen eines blöden Versprechens die Reise nach Philadelphia wegschnappen zu lassen. Von wem auch immer. Das Dumme war bloß, dass Amanda jetzt auch noch Sperenzchen zu machen begann!

Die Freundin war heute früh weder zum morgendlichen Treffpunkt noch zum Unterricht erschienen. Irgendwann im Laufe des Vormittags hatte ihre Mutter der Schule mitgeteilt, dass ihre Tochter das Bett hüten müsse. Von Besuchen riet sie im Moment noch ab, da noch nicht feststand, ob es etwas Ansteckendes sei. Seit wann war denn Feigheit ansteckend?

Isy war überzeugt, dass sich Amanda drückte. Hatten sie nicht gestern noch einen Plan ausgetüftelt, wie sie nach Einbruch der Dunkelheit heimlich über den schwarzen Zaun auf den Wirtschaftshof des Zoos gelangen konnten, um dort einmal so richtig herumzuschnüffeln? Und jetzt ging sie nicht einmal ans Telefon!

Aber sie würde den Trip auch allein wagen. Wenn sie bloß wüsste, wo die Taschenlampe steckte! Sie war vielleicht das wichtigste Requisit des bevorstehenden Abends. Gerade als Isy vom Schreibtisch aufstand, um noch einmal die Kommode zu durchsuchen, klingelte es. Wow! Das konnte nur Amanda sein! Amanda mit Schnupfen, Masern oder Mumps! Mit der gelbsten Gelbsucht oder in weißem Gips! Auf jeden Fall Amanda.

»Ich hab ja gewusst, dass du kommst!«, verkündete Isy erleichtert, als sie die Wohnungstür aufriss, aber es war nicht Amanda. Es war ihre Mutter, die mit Kartons beladen war.

Enttäuscht half sie ihr den Einkauf in die Küche zu tragen.

»Was soll denn das alles sein?«

»Das ist mein neuer Job!« Lange hatte Isy ihre Mutter nicht mehr so strahlend gesehen. Eine neue Dauerwelle schien sie sich auch gleich geleistet zu haben. Hurtig und mit wippenden Locken verteilte sie den Inhalt der Verpackungen auf dem Küchentisch. Es waren große und kleine, verschieden geformte und farbig bedeckelte Vorratsbehälter aus Plastikmaterial.

»Es ist eine bekannte Marke!«, versicherte die Mutter. »Man macht gutes Geld damit. Vor allen Dingen habe ich es mit Menschen zu tun. Und nicht mit Computern!« In ihrer Stimme schwang Triumph. »Und du? Heute nicht im Zoo?«

Sie merkte gar nicht, dass die Tochter nicht antwortete, denn sie packte gerade eine Käseglocke namens »Käseschlösschen« aus. Einen »Salatpavillon« und einen »Gurkenlift« hatte sie auch schon entdeckt. »Wie findest du denn die Namen?«, fragte sie verblüfft.

Isy zuckte die Schultern. Von ihr aus konnte die nächste durchsichtige Plastikdose »Schneewittchens Zwiebelsarg« heißen! Sie hätte es lieber gesehen, wenn ihre Mutter es mutig mit einem Computer aufgenommen hätte.

Als sie einige Stunden später erwartungsvoll in den glitzernden Großstadtabend fuhr, verspürte sie zunehmend eine leise Beklommenheit. Vielleicht war es doch keine so gute Idee, ganz allein durch den nächtlichen Zoo zu geistern? Was aber sollte sie tun? Die Idee aufgeben? Ebenfalls kneifen?

Unschlüssig verschob Isy die Entscheidung von Station zu Station, bis der Zug schließlich in den Bahnhof Zoo einfuhr. Sie war angekommen.

Mit dem Vorsatz, das Unternehmen bei auftretenden Schwierigkeiten sofort abzubrechen, machte sie sich auf den Weg. In ihrer Jackentasche steckte die von Benedikt geborgte Stablampe. Doch die benötigte sie jetzt nicht. Die Häuser, Geschäfte und Theater der City strahlten taghell im Neonlicht und die letzten Kunden der Warenhäuser, Nachtschwärmer und Kinogänger sorgten für lebhaftes Treiben auf den Boulevards. Erst in den Nebenstraßen erlosch der Glanz. Isy schritt schnell aus und sah sich öfter um. Unsicher zog sie den Schal höher und verdeckte ihr Gesicht. Doch als sie sich dem Kanal näherte, merkte sie, dass ihr Herz schneller pochte. Jetzt kam zweifellos der finsterste Abschnitt des Weges. Zu alledem musste sie in dieser Dunkelheit auch noch den schwarzen Zaun finden. Isy tastete gerade nach Benedikts Lampe, als etwa zwanzig Meter vor ihr der Schein einer anderen Taschenlampe aufblitzte. Was war das? Der Wachdienst vom Zoo? Polizei? Entsetzt duckte sie sich in das Gestrüpp, aber der Lichtkegel tanzte unerbittlich weiter auf sie zu. Auf dem Uferpfad näherte sich eine Gestalt. Isy erkannte helles Haar mit einer lila Strähne und ein altmodisches schwarzweißes Tuch, das ihr ziemlich bekannt vorkam.

»Amanda!«, rief sie erleichtert. »Was machst du denn hier?«

»Dasselbe wie du!«, keuchte Amanda und schnappte nach Luft. »Mann, hast du mich erschreckt!«

»Und du mich erst!« Isy konnte es kaum fassen. Amanda war da! Wie aus dem Boden gewachsen! Wie vom Himmel gestürzt!

»Was hast du deinen Eltern gesagt?«

»Dass ich bei dir schlafe! Und du?«

»Das Gleiche! Aber ich denke, du bist krank?«

»War ich auch. Aber jetzt geht's mir besser. Außerdem hatte ich noch etwas von dir!« Amanda streckte Isy die Taschenlampe hin. Obwohl sie es nicht aussprach, begriff Isy, dass die Freundin ihr eigentlich sagen wollte, dass sie es nicht übers Herz gebracht hatte, sie heute Abend im Stich zu lassen.

»Los, komm, wir müssen die Stelle finden!«, flüsterte Isy froh und tastete mit dem Strahl von Bendikts schwerer Stablampe das Gelände ab. Endlich erfasste der Lichtkegel den Zaun und nachdem sie ihn überwunden hatten, hielt Isy Amanda noch einen Augenblick zurück. »Sei ganz ruhig! Es kann überhaupt nichts passieren! Hier ist kein Mensch!«

»Und wenn uns der Wachdienst erwischt?«

»Dann schlagen wir uns einfach ins Gebüsch!«

Sie richteten die Lampen zu Boden und tasteten sich vorwärts, bis sie auf einen beleuchteten Weg stießen.

»Nach rechts!«, raunte Isy. »Richtung Vogelhaus!«

Still und verlassen lag der Zoo. Die Märznacht hatte ihre dunklen Schatten über Stallungen und Käfige geworfen. Die meisten Tiere hatten sich in ihre Behausungen zurückgezogen und nur ab und zu war ein erschrecktes Schnaufen oder Grunzen zu vernehmen.

Der Zoo schien auf geheimnisvolle Weise verwandelt. Die Dunkelheit hatte ihm alles Vertraute genommen; Büsche und Bäume wuchsen plötzlich bei jedem Schritt ins Riesenhafte und die leuchtende Skyline der City schien zum Greifen nah.

Missmutig stellte Isy fest, dass es schwieriger war, sich im Finstern zu orientieren. Unmerklich hatten sie sich zu weit nach rechts bewegt und waren am Spielplatz gelandet.

»He, Amanda, wir müssen rüber zur Bärenanlage!«, rief sie leise, als sie plötzlich ganz in der Nähe das Geräusch brechender Äste vernahmen. Ein Vogel klagte heiser. Einen Moment standen sie wie angewurzelt und lauschten. Dann warf sich Amanda krachend in die Büsche. War die verrückt? Das verriet doch ihren Standort! Ärgerlich schlich Isy der Freundin nach und hockte sich neben sie auf die kalte Erde.

»Lass uns abhauen!«, wimmerte Amanda.

»Psst!«, zischte Isy.

»Aber hier schleicht jemand rum! Ich habe Schritte gehört!«

»Psst!«, zischte Isy noch einmal, aber es war schon zu spät.

Zwei starke Arme packten sie und rissen sie hoch. Etwas Weiches, das sich wie ein Tuch anschmiegte, verschloss ihr blitzschnell Augen und Mund. Dann band ihr jemand die Hände auf den Rücken. Verzweifelt versuchte sie sofort nach dem Angreifer zu treten, aber ein harter Stoß in den Rücken bedeutete ihr, dass sie vorwärts zu gehen habe. Mehr stolpernd als laufend, dachte sie verzweifelt an Amanda. Ob sie die Freundin auch erwischt hatten? Oder war ihr die Flucht gelungen?

Dann hatte Isy das sichere Gefühl in einen Raum zu treten und landete mit einem heftigen Schubs auf etwas Weichem, das Heu oder Stroh sein mochte. Neben ihr plumpste ein Sack zu Boden. Mit angehaltenem Atem lauschte sie den sich entfernenden Schritten.

Erst jetzt merkte sie, dass sie am ganzen Körper zitterte. Ihr Herz raste zum Zerspringen. Wohin hatte man sie verschleppt? Ein scharfer Geruch begann ihr trotz des Bandes, das Augen und Mund verschloss, in die Nase zu steigen. Hatte man sie in einen Käfig gesteckt? Befand sie sich etwa unter wilden Tieren? Schweiß lief ihr den Rücken hinab. Wie, um Himmels willen, rochen Löwen? Oder Elefanten? Bildete sie es sich jetzt schon ein oder begann gerade wirklich ein Tier an ihr zu schnuppern?

In entsetzter Erwartung eines Raubtierrachens, Elefantenrüssels oder Nashornhorns versuchte sie sich aufzurichten. Vor allen Dingen musste sie um Hilfe schreien. Wie aber sollte ihr das mit diesem grässlichen Ding vor dem Mund gelingen?

Bloß keine Panik, redete sich Isy zu. Mühsam zwang sie sich auf die Knie zu kommen und ein Stück weit über das Stroh zu rutschen. Doch schon nach kurzem stieß sie unsanft gegen eine Holzwand. Das aber konnte die Rettung sein! Sofort versuchte sie Stirn und Nase solange an der rauen Wand zu reiben, bis die Binde endlich von ihren Augen rutschte. Kurz darauf hatte sie auch den Mund wieder frei. Enttäuscht stellte sie fest, dass nur pechschwarze Finsternis um sie war.

Und Gesellschaft hatte sie anscheinend auch. Neben ihr nieste es plötzlich heftig im Stroh.

»Amanda?«, flüsterte Isy freudig erschreckt. »Bist du's?«

Aus dem Stroh ertönte freudiges Grunzen. Offenbar hatten sie Amanda ebenfalls gefesselt und geknebelt. Dann war der Plumpsack vorhin also die verschnürte Amanda gewesen? Amanda mit ihrer Strohallergie. Wie schön, dass sie zusammen waren!

Zusammen waren sie viel stärker!

»Hör zu! Wir sind hier in einem Stall! Ich rufe um Hilfe!«

Aus dem Stroh kam wütend gegrunzter Protest.

»Wieso denn nicht? Sollen wir bis morgen hier sitzen?«, fragte Isy entsetzt. »Ist dir klar, dass wir jeden Moment gefressen werden können?« Entschlossen hob sie den Kopf und rief um Hilfe. Und nach einer Weile, in der nichts passierte, wiederholte sie ihren Ruf noch einmal so laut es ging. Endlich schien sich etwas zu rühren. Isy hörte zaghafte Schritte und Stimmen, die sich jenseits der Holzwand leise berieten. Schließlich quietschte eine Tür und jemand fragte halblaut: »Ist hier wer?« Dann ging alles ganz schnell.

Taschenlampen blitzten auf und Amanda und sie wurden aus dem Stroh gezogen und von den Fesseln befreit. Isy stellte fest, dass man sie mit ihrem eigenen Schal geknebelt hatte. Blinzelnd sahen sie ihren Rettern ins Gesicht. Ausgerechnet!

»Ich lach mich schlapp!«, versicherte Gummibärchen, auf seinen Gummibärchen kauend. »Die Katastrophenweiber wieder! Sind noch mehr aus der Klasse hier?«

Wenigstens Tannhäuser wirkte ehrlich besorgt. »Habt ihr eine Ahnung, wer euch überfallen hat?«, nuschelte er betroffen.

»Nein!«, log Isy und stieß Amanda warnend in die Seite. Die aber begann nach dem gerade überstandenen Schock hemmungslos zu schluchzen. »Die Mafia war es! Die haben wir nämlich schon seit Wochen am Hacken! Isy will es bloß nicht sagen!«

»Was für eine Mafia?«, fragten Tannhäuser und Gummibärchen wie aus einem Munde. »Klingt ja affengeil! Erzähl mal!«

»Später!« Isy klang unwirsch. Dass Amanda aber auch ihre Klappe nicht halten konnte! »Sagt lieber, was ihr hier macht?«

Statt einer Antwort hielt ihr Tannhäuser sein Tonband unter die Nase. Einen Moment blieb es nach dem Einschalten stumm in dem Gerät. Dann waren vereinzelte nächtliche Geräusche des Zoos zu hören. Pferde schnaubten verschlafen, ein Tier scharrte an seiner Käfigwand, irgendwas grunzte im Traum und ein Vogel klagte heiser. Schließlich hörte sich Isy selber schrill um Hilfe rufen.

»Alles klar?«, fragte er. »Wir wollten bloß mal die Nachtgeräusche des Zoos aufnehmen!«, und Gummibärchen ergänzte: »Seit uns gestern irgendein Schwein verpfiffen hat, können wir hier nur noch bei Dunkelheit rein!«

Isy und Amanda sahen verlegen zur Decke. Wenn das nicht voll peinlich war!

Dann scharrte es plötzlich im Stroh und Amanda drängte ängstlich ins Freie. »Bloß weg! Hier gibt's wilde Tiere!«

»Wieso wilde Tiere?« Gummibärchens Gesicht zerplatzte fast vor Schadenfreude. »Ihr wart im Ziegenstall!«

12

Das Thema der Niederschrift lautete: »Meine beste Freundin/Mein bester Freund.«

Sie hatten in der letzten Deutschstunde lange über das Thema »Freundschaft« gesprochen. Nun wollte Trischi an diesem Morgen herausfinden, wie es damit bei ihnen persönlich aussah. Natürlich würde sie über Amanda schreiben, dachte Isy. Wenn sie bloß nicht so müde wäre! In der Musikklasse über ihnen wurde gerade ein Volkslied eingeübt. Das ständige Wiederholen der Weise wirkte einschläfernd. Isy sehnte sich nach dem Unterrichtsende, aber ausgerechnet heute fand die letzte Stunde bei Frau Müller-Märzdorf in einem Museum statt. Wenn das nicht ätzend war …

Aus den Augenwinkeln sah sie Amanda wie ein Flusspferd gähnen.

Auch die hing nach dieser Nacht ganz schön durch.

Es grenzte ohnehin an ein Wunder, dass Amanda gestern nicht völlig ausgeflippt war. Das musste an der Gegenwart der Jungen gelegen haben, vor denen sie sich keine Blöße geben wollte.

Einige Mitschüler meldeten sich und wollten wissen, ob Mädchen auch über Jungen und Jungen über Mädchen schreiben dürften, oder was einer machen sollte, der keinen Freund hatte.

Aus der letzten Reihe erkundigte sich Vanessa, ob sie über ihren Hund schreiben könne und Trischi antwortete mit dem alten Lehrerspruch, dass er nicht wisse, ob sie es könne, aber sie dürfe es. Dann senkte sich auch das letzte Haupt und alle pinselten aufs Papier.

Isy war gerade dabei, ihre erste Begegnung mit dem Mädchen aus Nürnberg in flüssige Sätze zu fassen, als ein zartes Schnarchen an ihr Ohr drang. Entsetzt spähte sie zu Amanda hinüber. Die aber schrieb dicht über ihr Heft gebeugt. Das Geräusch musste aus der Bank vor ihr kommen. Jetzt hob auch Dr. Trisch den Kopf und fasste Gummibärchen ins Auge. Es half nichts, dass Isy dem blauweiß gemusterten Pulloverrücken vor ihrer Nase einen Schubs versetzte.

Der Lehrerzorn, geschürt durch eine Reihe von Vorkommnissen in letzter Zeit, die Hagen Golz provoziert hatte, brach über den erschrockenen Schläfer herein.

Was aber, dachte Isy, wenn Gummibärchen jetzt auspackt?

Entschlossen hob sie die Hand, um den Klassenkameraden zu verteidigen. »Er ist unschuldig! Mehr kann ich nicht sagen!«

»Das wirst du aber müssen!« Trischi zeigte seine strengste Falte zwischen den Brauen. Dann sagte er zu den neugierig erhobenen Köpfen: »Schreibt weiter! Die Uhr läuft!« Und zu Isy: »See you später, Miss Schütze!«

In der Pause schien Trischi vergessen zu haben, dass er sie zu sich bestellt hatte. Irritiert blickte er von Kaffeetasse und Zeitschrift auf, als sie den Kopf ins Lehrerzimmer steckte. Dann aber trank er hastig aus und folgte ihr auf den Flur, wo er durch das üppige Grün der Fensterpflanzen im dritten Stock das sich ständig verändernde Muster der Schüler auf dem Pausenhof beobachtete. Es war klar, dass er auf ihre Erklärung wartete. Was aber sollte sie erklären?

Dass Amanda und sie die vergangene Nacht auf einem staubigen, alten Sofa im Heizungskeller von Gummibärchens Mietshaus verbracht hatten? Oder, dass sie, nach Amandas völlig bescheuertem Geständnis im Ziegenstall, noch bis in die frühen Morgenstunden bei hastig geschmierten und in den Keller geschmuggelten Schmalzbroten mit den neugierig gewordenen Jungen über die seltsamen Vorkommnisse im Zoo diskutiert hatten?

So oder so würde herauskommen, dass Amanda und sie gestern Abend in den Zoo geschlichen und in den Händen von Kriminellen gelandet waren. Leuten, deren Namen und Gesichter sie nicht kannten und die sie bestimmt kein zweites Mal zu den sanftmütigen argentinischen Bergziegen stecken würden!

Nein, nein und nochmals nein! Dr. Trisch würden sich die Haare sträuben und er würde ihr auf der Stelle das Versprechen abpressen, die Finger von der Sache zu lassen. Bloß nicht schon wieder ein Versprechen!

»Ich möchte Gummibärchen nicht verpetzen!«, hörte sich Isy endlich zögernd sagen. »Es wäre nicht fair!«

»Dann hättest du mich fairerweise auch meinen Kaffee trinken lassen können!« Enttäuscht wandte sich der Lehrer zum Gehen. »Vielen Dank für die nette Unterhaltung!«

Es war seine Höflichkeit, die einem manchmal die Kehle ganz schön eng werden ließ. Isy spürte, wie sie errötete. »Okay! Hagen und Reginald haben Amanda und mir gestern Abend aus einer Patsche geholfen. Dabei ist es ziemlich spät geworden!«

Die merkwürdige Zusammensetzung ihres Quartetts ließ Trischi stutzen. »Aha! Dann hat es vermutlich mit dem Zoo zu tun?«

Die Antwort nahm Isy zum Glück das in diesem Augenblick einsetzende Läuten ab, das schlagartig das Schülermuster auf dem Hof veränderte. Einem Keil unruhiger Zugvögel gleich drängten die Schüler zurück ins Gebäude. Isy sah, wie Amanda mit Tannhäuser und Gummibärchen die Köpfe zusammensteckte. Was hatten die denn zu bekakeln?

Auch Trischi hatte schon die Klinke des Lehrerzimmers gepackt. »Ich hoffe, ihr wollt nicht wieder aufs Titelblatt?«

Wenn das keine deutliche Anspielung auf ihren letzten Kriminalfall war! Sein Gedächtnis war einfach zu gut.

»Bestimmt nicht!«

Mit dieser nicht ganz ehrlichen Versicherung eilte Isy in die Klasse zurück, wo die Zeichenlehrerin Frau Müller-Märzdorf der 7b gerade einige mahnende Worte mit auf den Weg zur Museumsinsel gab. Dann marschierten sie zum Bahnhof und landeten eine halbe Stunde später vor dem Altar, der dem Museum seinen Namen gab. Das war aber auch ein Klotz! Während die meisten aus der Klasse staunend die Stufen des antiken Brummers zählten und der spannenden Geschichte seiner Ausgrabung lauschten, zog Isy Amanda beiseite. Auf der Herfahrt war Amanda an ihrer Schulter entschlummert, während sie mit den anderen Mädchen geschwatzt hatte. Jetzt wollte sie endlich wissen, was die Freundin mit Tannhäuser und Gummibärchen in der Hofpause zu bereden gehabt hatte.

»Ach, ja«, fiel dieser ein, »du sollst morgen das Tonband mitbringen! Sie wollen die Stimme des Unbekannten abhören. Tannhäuser meint, dass sie ihn vielleicht kennen.«

Das leuchtete ein. Die beiden waren ja oft genug im Zoo.

Trotzdem störte es Isy, dass sie sich in ihren Fall einmischten. Die sollten sich bloß nichts einbilden, nur, weil sie ihnen gestern Abend zufällig geholfen hatten!

Eine Weile sahen sie sich neugierig um, denn Frau Müller-Märzdorf hatte allen freie Motivwahl versprochen. Dann ließ Amanda plötzlich die Katze aus dem Sack.

»Lass uns abhauen!«, flehte sie. »Einfach bis nach den Osterferien abtauchen! Hauptsache weit weg von diesen Gangstern!«

»Bist du verrückt?«

»Anders werden wir die nicht los!«

»Und wohin?«

»Ich habe eine Cousine in der Schweiz!«

»Aber das kostet Geld!«

»Wir verkaufen Monki an das Reisebüro!«

»Fang doch nicht schon wieder damit an!«, stöhnte Isy. »Die haben ihn doch nur genommen, weil er nichts kostet! Sobald das Schaufenster für die Grönlandtour umdekoriert wird, können sie ihn schon nicht mehr gebrauchen!«

»Dann will ich wenigstens ein Bett!«, verlangte Amanda. »Von mir aus eins aus der Antike! Du kannst mich ja darin zeichnen. Was glaubst du, wie mein Rücken schmerzt? Auf so einem uralten Sofa wie heute Nacht habe ich noch nie gelegen! Und meine Mutter denkt, ich habe bei dir gepennt.«

»Das denkt meine auch! Aber ein Bett wirst du hier nicht finden. Da bist du im falschen Museum.«

Isy kannte sich aus. Sie war gern in Museen. Ihr gefielen die großen, lichten Räume, in denen sich die meisten Besucher besonders behutsam bewegten. Viele von ihnen hatten, ohne es zu wissen, ein erwartungsvolles Staunen im Gesicht. Und niemand war laut. Mit Ausnahme von Hagen Golz natürlich!

Der hatte sich vor einem mächtigen, alten Tor aufgebaut, um es auf seinen Zeichenblock zu bannen. Als er sie entdeckte, ließ er den Block sinken und winkte ihnen zu. »He, kommt mal her!« Gummibärchen deutete auf einen Museumswächter. »Er will einfach nicht glauben, dass wir zu Haus auf unserem Örtchen dieselben blauen Kacheln haben wie die an ihrem Tor!«

»Dieselben bestimmt nicht!« Isy schüttelte lachend den Kopf

»Es ist das Tor des Nebukadnezar! Diese Fliesen sind mindestens dreitausend Jahre alt!«

Es sah aus, als überlegte Gummibärchen, ob er ihr glauben sollte. »Aber unsere sind auch ganz schön alt!«, gab er schließlich klein bei. Dann widmete er sich wieder seiner Skizze.

Auch Amanda schien aufgewacht zu sein. Kein bisschen mehr müde deutete sie um die Ecke. »Was hältst du von diesen Motiven?«

Sie meinte offensichtlich die stattliche Anzahl entblößter Jünglingsstatuen, die den Nachbarsaal bevölkerten.

»Los, komm, wir suchen uns einen aus!« Prustend mischten sie sich unter die nackten Männer.

Auf der Heimfahrt war es Isy, die an Amandas weicher Schulter einschlummerte. Erst, als der Zug in ihren Bahnhof einfuhr, fand sie langsam in die Wirklichkeit zurück. »Hast du auch geschlafen?«, fragte sie die Freundin, die enttäuscht die Seiten einer Tageszeitung zusammenraffte.

»Nein, ich habe dieses doofe Blatt gelesen, weil ich dachte, es steht etwas über Prinz Williams neue Freundin drin. Aber Fehlanzeige! Der hat keine! Das fliegt in den Papierkorb!«

»Hast du wenigstens die Anzeigen durchgesehen?«

»Wegen dem Grufti? Glaubst du noch an den Weihnachtsmann?«

Statt einer Antwort griff Isy nach der zerdrückten Zeitung, aber Amanda erhob sich und drängte zur Tür. »Wir sind da!«

Der Zug hielt geräuschlos am Bahnsteig. Zwei Vietnamesen, die an der Tür geraucht hatten, sprangen heraus. Amanda folgte ihnen und auch Isy schnappte ihre Tasche und verließ das Abteil. An der frischen Luft blieb sie einen Augenblick benommen stehen und faltete noch einmal die Zeitung auf. Sie war überzeugt, dass Amanda Anzeigen immer zu flüchtig las.

»Beeil dich, ich muss nach Hause!«, drängte diese ungeduldig, während Isy die Texte überflog. Doch Amanda schien Recht zu haben. Es war wirklich nichts dabei.

Plötzlich aber stutzte Isy. Auf Seite vier war das Foto eines durch Raster unkenntlich gemachten Mannes in einem schwarzen T-Shirt abgebildet, der an einem Computer saß. Die Überschrift des Artikels lautete:

Der Mann im Hintergrund! Berühmte Krimi-Autoren verdanken ihm manchen guten Tipp! Die »Supernachrichten« im Gespräch mit F. B., Berlins Mafia-Spezialist Nr. 1!

Im Nu war Isy hellwach. Unter Amandas verwundertem Blick begann sie das Blatt sorgfältig in ihrer Mappe zu verstauen.

»Was guckst du so? Soll ich vielleicht Herrn Rimpaus Freund und Berlins besten Mafia-Spezialisten in den Papierkorb stecken?«

13

Der Raum war ganz normal, um nicht zu sagen, langweilig. Die schicken Glaskästen von Detektivbüros, die einem auch den Blick in andere Räume ermöglichten, schien es nur in Fernsehfilmen zu geben.

Und der Mann am Schreibtisch trug auch keine Pistole unter dem Hemd. Das sollte ein berühmter Mafia-Spezialist sein?

»Ist Ihr Name wirklich F. B.?«, fragte Isy zweifelnd.

Die blauen Augen ihres Gegenübers musterten sie durchdringend »Natürlich nicht. Hier ist fast nichts echt, Mädels.« Er hob die Tasse gegen das Licht. »Nicht einmal der Kaffee!«

»Und wie sollen wir Sie nennen?«

»Wie ihr wollt! Fred Baltruschat! Oder Fabian Bauernöppel! Oder Felix Bollerbusch! Oder einfach Herr Kommissar!«

Meinte er das ernst? Verwirrt sah Isy zu Amanda, aber die starrte geistesabwesend auf ihre Schnürsenkel. Vermutlich ärgerte sie sich immer noch, dass sie mitgekommen war.

»Euch schickt also mein alter Freund Rimpau?«, fasste F. B. noch einmal zusammen.

Isy nickte, ohne den Mann anzusehen. Von ihren Eltern wusste sie, dass es auf ihrer Stirn stand, wenn sie schwindelte.

»Wie geht's ihm denn so?«

»Ganz gut! Er hat uns erzählt, dass Sie ihm manchmal bei seinen Geschichten helfen.«

»Na ja, ein paar Hintergrundinformationen, gelegentlich. Schriftsteller sind ja nun mal keine Kriminalisten! Was kann ich für euch tun?«

»Sie werden es vielleicht nicht glauben, aber meine Freundin und ich werden verfolgt. Alles fing mit unserem Computerbeitrag über den Zoo an!«, begann Isy ihren Bericht und stutzte. »Lassen Sie etwa ein Tonband mitlaufen?«

»Zwei.«

Sollte das ein Witz sein?

Isy hatte immer mehr das Gefühl, dass ihr erster Eindruck von der freundlichen, fast gläsernen Offenheit des Mannes trog.

Gab es nicht auch Glas, das undurchsichtig war?

Unsicher geworden, haspelte sie ihre Geschichte von A wie Affe bis Z wie Ziegenstall herunter, aber F. B.'s Miene verriet leider nicht, was er dachte. Er sah aus, als hörte er ihr noch zu, als sie schon längst geendet hatte.

»Sie glauben uns wohl nicht?« Isy begann unbehaglich auf ihrem Stuhl hin- und herzurutschen.

»Oh, ich denke nur etwas nach. Unterhaltet euch ruhig. Oder singt ein Lied. Das stört mich nicht.«

»Was mögen Sie denn für Musik?«, fragte Amanda neugierig.

»Rap? Abba? Heino? Oder große Opern wie ›I want to know what love is‹?«

»Meine Frau würde sagen, Joe Cocker ohne Ende. Warum?«

»Weil Ihre Opuntie so mickrig ist!« Amanda stand auf, um das dunkelgrüne Gewächs auf dem Fensterbrett besser in Augenschein nehmen zu können. »Sie sollten ihr öfter mal was Mexikanisches vorspielen. Oder eine Rumba! Auf keinen Fall Heavymetal! Wir kennen einen Jungen, der letztes Jahr mit Haydn den größten Kürbis von Altgrünheide gezogen hat.«

Interessant, dass Amanda jetzt von Ruky anfing, dachte Isy.

Seit den Herbstferien hatten sie kaum mehr über den hübschen, schwarz bezopften Halbkubaner gesprochen. Hoffentlich plauderte Amanda jetzt nicht noch über seine besondere »Begabung« nachts fremde Seats zu knacken.

»Mit Haydn?« Der berühmte F. B. richtete sich hinter seinem Schreibtisch ein wenig auf und sah gar nicht mehr freundlich aus. »Ich werd's mal mit einem Revolutionsmarsch versuchen. Doch nun zu eurer Story! Findet ihr es eigentlich fair, unser Gespräch gleich mit einer handfesten Lüge zu beginnen?«

Wie hatte er denn das herausgekriegt? Isy hatte das schreckliche Gefühl zu schrumpfen. Sie wagte es nicht, Amanda anzublicken.

»Mein Freund Rimpau hat euch weder zu mir geschickt, noch geht es ihm besonders gut. Er hat noch an den Folgen seiner Operation zu knabbern. In der Viertelstunde, die ihr im Vorzimmer warten musstet, habe ich mir erlaubt ein paar Erkundigungen über euch einzuziehen. Schließlich sind wir hier im Haus nicht unbedingt scharf auf den Besuch dreizehnjähriger Schülerinnen, auch, wenn sie hübsch sind!«

»Als wir das Interview mit Ihnen in der Zeitung sahen, da dachten wir, dass Sie uns vielleicht helfen?« Isy stockte. »Ich meine, unsere Beobachtungen könnten ja für die Polizei wichtig sein. Wir haben nämlich im letzten Herbst auch dazu beigetragen, dass ein Posträuber geschnappt wurde!«

»Ich habe schon begriffen, dass ich es hier mit zwei Hobbykriminalistinnen zu tun habe!« F. B. fingerte nach einem Streichholz für seine Zigarette. »Ihr mögt Krimis, ja?«

»Amanda nicht. Aber ich bin eine richtige Krimitante!«, sagte Isy und gestand ihre Vorliebe für alte englische Krimis.

»Edgar Wallace! Agatha Christie!«, seufzte der Kriminalist und blies zarte blaue Kringel in die Luft. »Was träume ich davon, einmal in einer edel getäfelten Bibliothek, am offenen Kamin bei einem Glas alten Portwein einen Fall aufzuklären!«

»Oder bei einem Dinner mit schweren Silberleuchtern«, fiel Isy schwärmerisch ein. »Wenn es dem Täter gerade schmeckt!«

»Ich sehe, wir verstehen uns!«, sagte F. B. charmant. »Habt ihr das Tonband mit?«

Amanda hörte auf, auf ihre Schuhe zu starren. »Die Kassette haben gerade zwei Kumpels von uns. Sie meinen, dass sie vielleicht die Stimme kennen.« Sie zögerte einen Augenblick. »Glauben Sie auch, dass wir in Gefahr sind?«

»Ach, was! In eurer Geschichte stecken bloß zu viele Geschichten, was sie schwer durchschaubar macht. Aber wegen eines Äffchens gerät die Mafia nicht in Panik!«

»Aber die Drohung auf dem Band ist echt!«, widersprach Isy. »Herr Rimpau findet das auch!«

»Der darf das. Ich muss da leider etwas vorsichtiger sein.«

»Außerdem ist da noch die Sache mit Möhre!«, warf Amanda ein. »Ist es nicht merkwürdig, dass er im Nachttierhaus niedergeschlagen wurde, als er mit mir verabredet war?«

»Ja, Möhre! Das ist auch so eine Geschichte, die nicht hineinpasst. ›Risotto nach Räuberart‹! Ha!« F. B. stieß ein trockenes Lachen aus. »Was ist denn auf der Rückseite des Rezepts?«

»Ein Nest mit Eiern.«

»Was für Eier?«

Isy lächelte nachsichtig. »Ostereier natürlich!«

»Habt ihr es mit?«

Amanda schüttelte den Kopf. »Es steckt in meinem Kochbuch!«

»Na gut, ich knöpf mir euren Möhre mal vor, wenn er zurück ist!« F. B.'s Blick streifte ihre enttäuschten Gesichter. »Nun guckt doch nicht so! Ich will euch ja gern alles glauben. Nur glaube ich nicht, dass alles so ist, wie ihr glaubt. Ein Beispiel. Ihr glaubt, ihr habt die Mafia am Hacken. Okay! Ich kann jetzt nicht sagen, dass es nicht so ist, denn Mafia bedeutet organisiertes Verbrechen, und das versucht überall Dinger zu drehen. Warum nicht im Zoo oder Tierpark? In den beiden Berliner Tiergärten hatten wir es in den letzten Jahren, im Gegensatz zu den Tierschmugglerringen an den Grenzen, allerdings eher mit Einzeltätern zu tun. Sehr clevere Leute übrigens, denen bisher nichts nachzuweisen war.«

»Haben Sie einen Verdacht?« Isys Wangen brannten.

»Schon, aber das genügt leider nicht.« In der Stimme des Meisters schwang ein Zögern, als überlegte er, ob er das überhaupt zugeben durfte. »Auf jeden Fall wartet weder die Mafia noch irgendein anderer Schurke Abend für Abend darauf, dass Isolde Schütze und Amanda Bornstein zu später Stunde in den Zoo schleichen, um sie dann in einen Ziegenstall zu sperren!«

»Und wenn es eine Warnung war?« Isy schluckte. Konnte sich dieser Mensch denn gar nicht vorstellen, welche Angst sie ausgestanden hatten? Meinte der vielleicht, sie hätten sich selbst überfallen und eingesperrt?

»Solche Warnungen sehen anders aus!« Der Rimpau-Freund blinzelte skeptisch. »Da muss es noch eine andere Erklärung geben. Denkt mal nach! Manchmal ist die Lösung ganz nah.«

Ausgerechnet in diesem Augenblick begann das blaue Telefon zwischen den Aktenbergen zu läuten. F. B. hob ab.

Isy nahm ein Schlückchen von der Limonade, die F. B.'s Sekretärin ihnen vor einer Viertelstunde gebracht hatte. Amanda hatte ihr Glas schon leer. Die trank immer ruck, zuck alles aus. Was hatte der Kommissar gerade gesagt? Da muss es noch eine andere Erklärung geben? Pah, der blickte doch überhaupt nicht durch! Für den waren sie zwei wild gewordene Hobbykriminalistinnen, die nachts im Zoo Gespenster sahen! Welch ein Glück, dass er nicht wusste, dass ihr Spitzname »Die Katastrophenweiber« war!

Durch das gekippte Fenster drang Baulärm herauf. Das Gebäude lag direkt an der größten Baustelle Europas. Wegen der unzähligen langhalsigen Kräne hatten die Berliner der Gegend den Namen Kranweide verpasst. Im vergangenen Sommer hatten diese Kräne sogar unter der musikalischen Leitung des berühmten Dirigenten Daniel Barenboim getanzt. Den Kranführern stand damals vor Angst, mit ihren stählernen Giraffen aus dem Takt zu kommen, der Schweiß auf der Stirn. Aber sie hatten es gepackt. Vergnügt hatte die ganze Welt das Spektakel am Bildschirm verfolgt. Auf so etwas kamen nur die Berliner!

»Was meinen Sie denn mit einer anderen Erklärung?«, platzte Isy heraus, kaum, dass der Kriminalist den Hörer aufgelegt hatte. »Vermuten Sie, dass wir jemanden gestört haben?«

»Und vielleicht sogar einen Diebstahl verhindert haben?«, schaltete sich Amanda hoffnungsvoll ein. »Hatten Sie schon was von einer Belohnung gesagt?«

»Darüber lässt sich reden!« Zufrieden streckte F. B. ihnen die Hand hin. »Gebt mal in den nächsten Tagen das Tonband in meinem Sekretariat ab und macht ruhig eure Arbeit weiter im Zoo! Wie wollt ihr sonst den Wettbewerb gewinnen? Schließlich erhoffe ich mir doch eine Karte aus Philadelphia!«

»Sie raten uns wirklich weiterzumachen?« Amanda sah den Kriminalisten an, als habe der ihr vorgeschlagen, in einen Vipernkäfig zu hopsen. »Wo es so gefährlich ist?«

»Es ist nicht gefährlich, wenn ihr zur erlaubten Zeit auf den erlaubten Wegen wandelt und eure Nase nur in eure Arbeit steckt! Sollte euch dennoch etwas beunruhigen, ruft mich an!«

»Einen Scheiß werden wir tun!«, entschied Isy, als sie wieder in dem Aufzug mit dem fleckigen Teppichboden standen. »Nicht ernst nehmen können wir uns auch alleine!«

Eine Essiggurke konnte nach diesem Gespräch nicht saurer sein als sie. Hatten sie sich dafür ein Herz gefasst und den berühmten Mafia-Spezialisten aufgesucht, damit er sie wie Babys behandelte? Nie wieder Zusammenarbeit mit der Polizei! Hoffentlich waren wenigstens Tannhäuser und Gummibärchen weitergekommen.

14

Sie erfuhren es am anderen Tag in der Hofpause, am Fahrradstand. Die Jungen hatten die Stimme des Unbekannten erkannt.

»Er ist im Vogelhaus beschäftigt!«, nuschelte Tannhäuser und legte die winzige Kassette in Amandas fordernde Hand zurück.

»Wie habt ihr das herausgefunden?«

»Er spricht extrem leise. Wir haben ihn einfach in ein Gespräch über unser Computerprojekt verwickelt. Er scheint Ahnung von Computern zu haben. Übrigens sind wir heute Nachmittag im Zoo. Wenn ihr wollt, können wir ihn euch zeigen!«

»Und wenn er uns erkennt?«, fragte Amanda entsetzt.

Sie hatte Recht. Der Mann durfte sie auf keinen Fall erkennen. Sie würden sich tarnen müssen.

Wie lange war es her, seit sie sich das letzte Mal verkleidet hatten? Früher hatten sie das oft gemacht. Nicht nur zur Faschingszeit. Sie waren in die Braut- und Ballkleider ihrer Mütter geschlüpft und hatten vor hohen Spiegeln Handtaschen, Schminke, Hüte und viel zu große, hochhackige Schuhe probiert, bis sie das Spiel eines Tages wieder vergaßen.

Dieses Mal aber musste die Verkleidung echt sein. Schließlich waren sie keine kleinen Kinder mehr.

Die letzte Unterrichtsstunde war Biologie und während sie unter Aufsicht der wieder genesenen Frau Schwammfuß mit einem letzten Rest Aufmerksamkeit Lehrbuchblumen in Korb- und Lippenblütler aufteilten, klebte Isy Amanda schon mal im Geiste einen Zopf und sich selber Schlitzaugen an. Dann schob sie der Freundin eine Sonnenbrille auf die Nase und sprayte die eigene Krause mit Sassis grünem Haarspray ein.

Es war der Lehrerin absolut unverständlich, warum die Schülerin Isolde Schütze mitten in ihrem Unterricht ohne einen erkennbaren Grund losprustete. Wie sollte sie auch ahnen, dass sich Isy in dieser Sekunde als Salatkopf sah?

Der geniale Einfall aber kam Isy beim Verlassen der Schule, als sie beobachtete, wie sich die wenigen türkischen Mitschülerinnen wie gewohnt vor dem Gebäude in ihre Kopftücher schlugen. Wie hatte Herr Rimpau gesagt? Die besten Ideen liegen auf der Straße!

Den ganzen Weg bis zum Vogelhaus legten sie prustend zurück. Sie brauchten einander in ihrer islamischen Vermummung bloß anzusehen, um erneut in Gelächter auszubrechen. Und das Tollste an der Sache war, niemand um sie herum kannte den Grund ihrer Ausgelassenheit! Ob Fahrgäste, Straßenpassanten oder Zoobesucher; alle sahen in ihnen nur zwei türkische Mädchen, die ein bisschen albern waren. Die Tarnung war perfekt.

Auch die Stammbesucherin mit dem grauen Löckchendutt, die heute auf einer Bank nahe dem Antilopenhaus in der blassen Nachmittagssonne an ihrem Strickzeug werkelte, blinzelte überrascht durch die starken Brillengläser, als sie wie gewohnt im Vorbeigehen ihren Gruß schmetterten.

»Beinahe hätte ich euch nicht erkannt!«, lachte sie und ließ ihr Strickzeug sinken. »Hat die Verkleidung einen Grund?«

»Solidarität mit den türkischen Schülerinnen!«, erklärte Amanda geistesgegenwärtig, während Isy sich das Lachen verbiss.

Auch Tannhäuser und Gummibärchen hatten vor dem flachen Gebäude des Vogelhauses eine Schrecksekunde, als sich die türkischen Schönen, denen sie gerade bewundernd nachpfiffen, plötzlich als ihre Klassenkameradinnen entpuppten.

»He, Brontosaurus!« Amanda knuffte neckend in Gummibärchens Gummibärbauch. »Ich denke, du stehst nicht auf Ausländer?«

Dann tauchten sie in die laute Zwitscherwelt der Gefiederten ein. Käfig an Käfig waren hier zwischen tropischen und subtropischen Pflanzen die farbenprächtigsten Vögel zu bestaunen. Manche sahen unscheinbar wie Spatzen, manche bizarr wie exotische Blüten aus.

Isy konnte sich an einem Königsglanzstar mit blauviolettem Rücken, türkisfarbenem Kopf und knallgelbem Bauch nicht satt sehen, während Amanda beim Anblick der Jambo-Fruchttaube das Wasser im Mund zusammenlief. Ihr blassrosa, weiß und zimtfarben schimmerndes Gefieder erinnerte sie an die köstlich cremigen Eisfarben eines gemischten Bechers.

Es gab Vögel mit roten Augen und grünen Füßen und manche hatten große, harte Schnäbel wie aus Edelholz. Die Luft aber war stickig und heiß und überall piepste, krächzte und kreischte es wie in einem Urwaldfilm. Isy sah, wie sich Amanda den Schweiß von der Stirn wischte. Auch sie hätte sich in dieser Wärme am liebsten das Tuch vom Kopf gerissen. Aber noch immer hatten ihnen die Jungen nicht den Mann gezeigt, der sie zu dieser Verkleidung zwang.

Gerade kam Tannhäuser auf seinem zweiten Rundgang wieder an ihnen vorbei. Fast unmerklich schüttelte er den Kopf.

»Hoffentlich finden sie ihn, bevor wir verdampft sind!«, brabbelte Amanda und verlagerte ihr Interesse von den exotischen Vögeln auf die exotische Vegetation. Wie immer hatten es ihr die Kakteen angetan. Mit Argusaugen fahndete sie zwischen dickblättrigen Affenbrotbäumen und blühenden Weihnachtssternen nach Äschylus' stachliger Verwandtschaft, während Isy die Informationen von den Käfigschildern leise in das eingeschaltete Mikro sprach. Erst ein eindringlich warnender Pfiff riss beide aus ihrem Tun. Das musste Gummibärchen gewesen sein. Er schob vor dem Vogelhaus Wache. Demnach befand sich der Gesuchte ganz in seiner Nähe. Sie stürmten zur Tür und prallten dort fast mit Tannhäuser zusammen. Gummibärchen kam ihnen schon aufgeregt entgegen.

»Im Streichelzoo!«, keuchte er. »Er füttert die Enten!«

Der Streichelzoo befand sich unweit vom Vogelhaus. Hier waren Ponys, Hühner, Zicklein, Esel, Gänse und Enten untergebracht.

Ein wenig beklommen mischten sie sich unter lärmende Vorschulkinder, die begierig darauf warteten, eines der Tiere streicheln zu dürfen. Am Gatter lehnte ein mittelgroßer, robuster Mann mit einem fleischigen Gesicht und einer keilförmigen Narbe auf der Stirn, der den Inhalt der Futtereimer schon verstreut hatte und nun rauchend dem gefräßigen Geflügel zusah. Er sah weder gefährlich noch ungefährlich aus. Solche Typen gab es haufenweise in jedem Krimi und am Ende waren sie manchmal tatsächlich die Täter.

Isy erinnerte sich nicht, ihm jemals begegnet zu sein. Doch das besagte nicht, dass es auch umgekehrt so war. Wer hier beschäftigt war, kannte alle Schlupfwinkel und Ecken und konnte jederzeit alles aus der Deckung heraus beobachten. Umso wichtiger, dass der geheimnisvolle Unbekannte endlich ein Gesicht bekommen hatte!

»Lass uns heimfahren!«, flüsterte Amanda, die es kaum wagte, den Mann anzublicken. »Es ist unheimlich …«

»Nichts ist mehr unheimlich!«, triumphierte Isy. »Jetzt haben wir ihn! Und wenn wir jetzt noch herauskriegen, was er vorhat, können wir ihn diesem F. B. in die Postmappe legen!«

»Ist es der, der euch überfallen hat?«, flüsterte Tannhäuser hinter ihnen.

Sie hatten ihren Mitschülern in dieser merkwürdigen Nacht im Heizungskeller nur einen Teil der Wahrheit erzählt.

Jetzt erwarteten Tannhäuser und Gummibärchen scheinbar, dass sie mehr über die geheimnisvollen Vorgänge im Zoo auspackten.

»Uns haben zwei überfallen. Aber es ist möglich, dass er einer der beiden ist. Außerdem hat ja auch einer Möhre niedergestreckt!«

»Möhre?«, echote Gummibärchen. »Möhre wie Karotte?«

»Du kennst ihn. Er ist letzte Woche im Nachttierhaus niedergeschlagen worden. Wir haben euch in der Halle gesehen!«

»Der mit den roten Haaren? Was habt ihr denn mit dem zu tun?«

»Amanda war an diesem Nachmittag mit ihm verabredet!«

Statt einer Antwort pfiff Tannhäuser verblüfft durch die Zähne. »Ihr scheint ja ganz schön dicke drinzuhängen, Mensch!«

»Du sagst es! Aber leider glaubt uns das keiner.«

»Wir glauben euch!« Gummibärchen warf sich in die Brust. »Los, spuckt es aus!«

Das klang so komisch, dass sie lachen mussten.

Tannhäuser aber deutete auf den Mann am Gatter:

»Sollen wir uns an ihn ranhängen? Wir fragen ihn einfach, ob er uns bei unserem Beitrag hilft!«

Die Jungen witterten ein Abenteuer. Das war klar. Sie brannten förmlich darauf, bei diesem Räuber-und-Gendarm-Spiel mitzumachen. Aber ausgerechnet mit denen gemeinsame Sache zu machen, die ihre Konkurrenten im Zoo waren? Ob das gut war?

»Überlegt's euch!«, brummte Gummibärchen enttäuscht, als sie schwiegen. »Das Angebot steht. Aber nicht ewig, klar?«

Dann schoben sie ab. Isy konnte sich nicht genug über die beiden wundern. Der Dummkopf und der Schlaukopf der 7b! Was die wohl zueinander zog?

Amanda warf einen letzten furchtsamen Blick auf das Angstgespenst ihrer Träume. »Wir sollten ihren Vorschlag annehmen! Schließlich können wir nicht auf alle aufpassen!«

»Wen meinst du denn noch?«

»Mir ist was aufgefallen.« Amanda sah sich scheu um, ob auch niemand zuhören konnte. Aber sie waren nur von Knirpsen umringt, die in den Streichelzoo drängten. »Sie kann nicht stricken!«

»Wer kann nicht stricken?«

»Diese Frau, die wir hier immer treffen. Die mit dem Löckchendutt!«

Als sie Isys sprachlose Miene sah, fuhr sie selbstsicher fort. »Es ist mir neulich schon aufgefallen. Sie tut nur so. In Wirklichkeit ist sie die ganze Zeit nicht eine Masche weitergekommen! Sie sitzt immer noch am selben Stück!«

»Und wenn sie mit den Augen Probleme hat? Immerhin hat sie starke Gläser!«

Amanda schüttelte den Kopf. »Umso besser müsste sie sehen! Jedenfalls hab ich sie noch nie richtig stricken sehen. Und vom Stricken verstehe ich was.«

Das stimmte. Am Anfang, als Amanda in ihre Klasse gekommen war, hatte sie sogar im Unterricht gestrickt. Erst als Trischi schlau einen Rollkragenpullover mit Rippenmuster bei ihr bestellt hatte, verschwanden die Nadeln aus dem Unterricht. Auf ihre Kompetenz konnte man sich verlassen.

»Aber warum tut sie das?«, fragte Isy verwirrt und ahnte im selben Augenblick schon die Antwort. Vielleicht war die alte Dame ja so wenig eine liebenswürdige, strickende Zoobesucherin, wie Amanda und sie zwei türkische Mädchen waren? »Wow!«, sagte sie entschlossen. »Wenn da was dran ist, befördere ich dich zu meiner ersten Kriminalassistentin, Amanda!«

15

Als sie am nächsten Morgen erwachte, hielt Isy das hartnäckige Rauschen zunächst für das Geräusch plätschernden, warmen Duschwassers im Bad und bemerkte ihren Irrtum erst, als sie die Tropfen auf der Fensterscheibe sah. Das war wahrlich kein Wetter für den Zoo, aber der stand heute auch nicht auf dem Programm. Amanda hatte nach Schulschluss einen Termin bei Dr. Rosi und Isy hatte ihr versprochen mitzugehen.

Im Flur duftete es nach Kuchen und als sie in die Küche guckte, entdeckte sie ihn in einer braunen Steinform hinter der beleuchteten Glasscheibe im Herd. Ach, richtig, ihre Mutter bekam ja nachmittags Besuch! Ehemaligen Kolleginnen sollte die Kollektion der bunten Kunststoffdosen vorgeführt werden. Die Mutter hoffte auf gute Gespräche und gute Geschäfte und hatte gestern Abend schon eine leckere Pfirsichbowle angesetzt.

»Wie ist denn der Krimi ausgegangen?«, erkundigte sich Isy, als sie aus dem Badezimmer zurückkam und zu ihren Eltern an den Frühstückstisch rutschte.

»Es war ziemlich wirr«, erinnerte sich die Mutter. »Papa ist jedenfalls bald eingeschlafen!«

Und Isys Vater, der den Sportteil der Morgenzeitung studierte, bestätigte: »Alles falsche Spuren! Am Ende war es einer, auf den kein Mensch gekommen wäre. Total unrealistisch!«

»Im Gegenteil! Alles wie im richtigen Leben!«, widersprach Isy und biss krachend in einen Toast. »Mir könnt ihr glauben!«

In der Klasse gab es an diesem Morgen nur zwei Themen; Saskias neue Haarfarbe, ein honigfarbenes Blond, mit der sie total fremd aussah und die Wolkenkratzer-Skyline von Philadelphia, die irgendjemand an die Wandzeitung gepinnt hatte und die nun nicht gerade aufmerksamkeitsfördernd auf die 7b wirkte. Wen würde es treffen? Wer von ihnen durfte diesen Anblick im Sommer mit eigenen Augen genießen? Immer wieder flogen sehnsüchtige Blicke zur Wand. Auch Isy hatte Mühe gegen den Sog des Fotos anzukämpfen.

Bis zur letzten Stunde hatten sie zwei Ausfälle wegen Grippe und als sie mit Amanda schließlich Hand in Hand zu Dr. Rosis Praxis bummelte, stellten sie fest, dass die beliebte Zahnärztin an diesem Tag anscheinend die halbe Siebte zur Durchsicht bestellt hatte.

Auf den Stühlen in dem schmalen Wartezimmer saßen schon Vanessa und Jennifer, die am Dienstag Geburtstag hatte und einige Mädchen der 7b eingeladen hatte, sowie Richard, Jens und Gummibärchen. Im Behandlungszimmer kreischte der Bohrer.

»Wo hast du denn deinen Busenfreund gelassen?«, erkundigte sich Amanda, als sie auf den leeren Stuhl neben Gummibärchen rutschte. »Ihr trennt euch doch sonst nicht?«

Bleich deutete Gummibärchen in Richtung des surrenden Bohrers. Das Geräusch schien ihm deutlich auf die Nerven zu gehen. Auch Vanessa und Jennifer sahen nicht gerade mutig aus. Dabei war Dr. Rosemarie Schlei wegen ihrer netten Art bei den Schülern beliebt. Sie vertrauten ihr, weil sie zugab selber Angst vor dem Zahnarzt zu haben. Außerdem war sie hübsch. Sie hatte einen blonden Zopf, sanfte Augen und eine energische Sprechstundenhilfe namens Frau Zahn.

Isy, die gern naschte und manch abendliches Zähneputzen aus Faulheit verschob, musste sich eingestehen, dass sie hier auch nur so locker saß, weil sie nicht im Terminkalender stand. Amanda aber starrte furchtlos auf die Tür des Behandlungsraumes und als sich diese nach einer Unendlichkeit öffnete und einen verlegen grinsenden Tannhäuser freigab, schoss sie einfach vor und verschwand in der hellen Türöffnung. Gummibärchen, der eigentlich dran gewesen wäre, sank erleichtert zurück.

»Ich warte draußen!«, nuschelte Tannhäuser und schob mit angezogenen Schultern davon. Auch Isy verließ den Warteraum.

Sie fand Reginald Häuser auf dem Hof des Gebäudes, wo er zwischen parkenden Autos mit einer leeren Bierdose durch die Pfützen des Vormittages kickte.

»Uns ist noch etwas aufgefallen!«, eröffnete Isy das Gespräch und erzählte von der freundlichen alten Dame und Amandas Verdacht. Dann schlug sie vor, die Jungen sollten, wie sie es bereits angeboten hatten, den Mann vom Vogelhaus auskundschaften, während sie und Amanda sich um die sonderbare Zoobesucherin kümmern würden.

»Vielleicht hat sie ja auch mit der ganzen Sache zu tun?«

»Klar. Alter schützt vor Torheit nicht!« Tannhäuser schoss die Bierdose scheppernd ins Gebüsch. »Zum Spionieren ist man nie zu alt. Vielleicht bessert sie sich damit ihre Rente auf? Heute rauben alte Omas sogar Banken aus!«

»Oder es bringt einfach mehr Abwechslung in ihr Leben?«, fand Isy. »Sie ist nämlich ein sehr interessierter Typ!«

Tannhäuser furchte die trockene Stirn, wie er es gewöhnlich tat, wenn er sich an der Tafel mit einer komplizierten Aufgabe herumschlug. »Also, wir gehen so vor: Hagen und ich heften uns an die Flüsterstimme und ihr bringt die Oma zum Singen!«

»Was soll sie denn singen?«, fragte Amanda, die in der einsetzenden Dämmerung unbemerkt herangetreten war, neugierig.

»Sie soll zugeben, ob und für wen sie im Zoo spioniert.«

»Und wenn doch alles harmlos ist?« Amanda sah erschreckt aus, als täte ihr der Verdacht schon wieder Leid. »Vielleicht ist das ja bloß eine Macke von ihr mit dem Strickzeug?«

Isy schüttelte den Kopf. »Sie hat viel zu viel Energie, um verschroben zu sein. Eher würde ich behaupten, dass sie sich aus Stricken noch nie was gemacht hat!«

»Genau wie du!«, lachte Amanda.

Tannhäuser sah auf die Uhr. Er hatte noch Cellounterricht. »Was schlagt ihr vor, wo wir uns treffen?«

»Bei Amanda!«, sagte Isy spontan. »Da ist Platz. Ist dir doch recht, Amanda?«

»Immer ich!«, brummte die. Aber sie sah einverstanden aus.

Den ganzen Heimweg über freute sich Isy auf zu Hause. Sie mochte es, wenn Besuch in der Stube saß und alle fröhlich an der gedeckten Tafel durcheinander schwatzten. Der Kuchen hatte wirklich lecker ausgesehen.

Doch als sie den letzten Treppenabsatz genommen und den Schlüssel in die Wohnungstür gesteckt hatte, schlug ihr statt der erwarteten guten Stimmung nur beklemmendes Schweigen entgegen. Die Gäste schienen schon ausgeflogen zu sein.

Enttäuscht schlüpfte sie in ihre Hausschuhe und hängte die Jacke an den Haken. Auf leisen Sohlen kam

Selma herbei und rieb den pelzigen Kopf an ihrem Knie.

»Was ist los, Selma?«, flüsterte Isy. »Sind denn schon alle weg?«

Sie fand ihre Mutter zwischen den Resten der Party und dem schmutzigen Geschirr in der Küche beim Spülen.

Isy gab ihr einen stürmischen Kuss. »Wie war's? Hast du gut verkauft?«

»Gut verkauft ist gut!«, sagte die Mutter traurig. »Gar nichts! Aber sie haben sich toll amüsiert!«

»Über was denn?«

»Über mich!«

»Das glaubst du doch nicht wirklich?« Verzagt starrte Isy auf die Pyramide der bunten Dosen, die ihre Mutter zur Präsentation auf der Anrichte aufgebaut hatte, all diese »Käseschlösschen«, »Gurkenfahrstühle« und »Salatpavillons«.

»Sie haben nicht über dich gelacht, sondern über diese blöden Namen!«, sagte sie überzeugt. »Da würde ich auch lachen!«

»Jedenfalls hat Mama sie rausgeschmissen!«, mischte sich Benedikt in das Gespräch, der plötzlich in der Küchentür stand. »Gut so!«

»Nicht rausgeschmissen!«, widersprach die Mutter. »Nur einfach die Party beendet! Mir war eingefallen, dass ich noch vor kurzer Zeit die Chefin dieser Damen war. Und jetzt stand ich vor ihnen, pries meine Käseschlösschen an ...«, resigniert brach sie ab. »Wahrscheinlich hätte ich auch über mich gelacht!«

»Hast du es schon Oma erzählt?«, erkundigte sich Isy und als die Mutter nickte, fragte sie: »Na und? Was hat sie gesagt?«

»Du kennst doch ihre Sprüche! ›Jammern füllt keine Kammern‹!«

»Recht hat sie!« Benedikt grapschte sich das dickste Stück von der Kuchenplatte. »Ist noch Bowle da?«

»Hör doch mit deiner Bowle auf!«, sagte Isy wütend. »Sag Mama lieber, was sie jetzt tun soll!«

»Das sag ich doch die ganze Zeit! Den Computerkurs machen!«

»Der Computerkurs ist ausgebucht!« Das Geschirr klapperte leise unter den mütterlichen Händen. In dieser Steinzeitfamilie gab es ja nicht einmal einen Geschirrspüler, wie Amanda bei ihrem ersten Besuch entsetzt festgestellt hatte. Hatte das mit dem Computer eben etwa bedauernd geklungen? War ihre Mutter jetzt doch bereit, es mit einem Computer zu versuchen, dachte Isy. Es gab also noch Hoffnung!

Mit einem Tellerchen Kuchen verschwand sie in ihrem Zimmer, um ihre Hausaufgaben zu machen, aber schon bald fand sie sich bei Benedikt ein, der ebenfalls über seinen Aufgaben saß.

»Was hältst du davon, wenn du Mama das Computern beibringst? Ich glaube, sie ist so weit!«

»Auf was denn? Auf der Küchenwaage?«

Das stimmte natürlich. Ohne Computer ging es nicht. Da hätte sie auch selber draufkommen können!

Isy wollte in ihr Zimmer zurückkehren, als sie Araber in ihren weiten, weißen Gewändern auf dem alten Fernseher des Bruders sah. Wie der Reporter erklärte, warteten sie in dem prächtigen Regierungspalast auf eine Audienz bei ihrem Scheich.

Was Isy an dem Bild so fesselte, war die Tatsache, dass einige der Untertanen mit einem Perlenkissen über dem linken Arm erschienen waren, auf dem ein stattlicher Raubvogel mit einem starken Schnabel saß. Isy kicherte. War es in den Emiraten etwa üblich, seinen Vogel überall mit hinzunehmen, wie in Deutschland seinen Dackel?

»Das sind nordische Falken!«, klärte Benedikt sie auf. »Wenn ich dir sage, was die wert sind, fällst du um!«

»Was sind sie denn wert?«

»Ein für die Jagd abgerichtetes Exemplar kann bis zu einer Viertelmillion Dollar kosten! Ein Gerfalke noch mehr.«

»Spinnst du jetzt?«

»Wieso? Hast du sie jemals jagen sehen?« In Benedikts Augen trat ein schwärmerischer Glanz. »Mit 300 Sachen stürzt sich so ein Wanderfalke auf seine Beute – zumeist Tauben. Und das im Flug. Das ist spannender als ein Krimi. Die Wüstensöhne stehen drauf! Für die sind die Falken ein Statussymbol. Das zahlen sie locker.«

»Und woher weißt du das?«

Benedikt gab zu, den Bericht schon einmal gesehen zu haben.

Isy aber wunderte sich noch, als sie längst wieder an ihrem Schreibtisch saß. Eine Viertelmillion Dollar? Für einen einzigen Vogel? Das hielt man ja im Kopf nicht aus! Wenn das Amanda wüsste, würde sie vor Wut platzen, dass anstelle von Monki kein Gerfalke in ihrer Tasche gesessen hatte!

16

Nach Weihnachten war Isys weiteres Lieblingsfest Ostern. Sie lauerte schon förmlich darauf, Oma Doras sprießenden Garten nach bunten Osternestern zu inspizieren, Schokoladenhasen aus stacheligen Wacholderbüschen zu ziehen und ein spannendes Buch hinter dem alten Birnbaum zu entdecken.

Nach dem Suchen ließ sich die Familie in Oma Doras Wochenendhäuschen das traditionelle Osterfrühstück mit den hart gekochten, von Zwiebelschalen braun gefärbten Eiern und dem selbst gebackenen Hefezopf schmecken. So war es bisher immer gewesen und so würde es auch in diesem Jahr sein.

Bei Amanda lagen die Dinge anders. Seit ihrem Umzug nach Berlin wurde das Osterfest bei Verwandten in Nürnberg gefeiert, wo sie ihre Ostereier unter Sesseln und hinter seidenen Kissen fand und ihr Dad sich ahnungslos in Nester mit Rotweineiern zu setzen pflegte.

In einer Woche begannen die lang ersehnten Ferien und ein paar Tage später würde Amanda schon auf dem Weg in ihre fränkische Heimat sein. Es war Zeit, Herrn Knöpfle an sein Versprechen zu erinnern. Entschlossen griff Isy zum Hörer.

Und schon zwei Tage später stapften Isy und Amanda triumphierend und in Begleitung des Zoologen über den verbotenen Wirtschaftshof. Ohne es zu ahnen, hatte Herr Knöpfle sie direkt an den Ort ihrer Wünsche geführt.

Und während sie wachsamen Blickes nach den grünen Kisten Ausschau hielt, zeigte ihnen Herr Knöpfle die geheimnisvollen flachen Gebäude, die überhaupt nicht geheimnisvoll waren, sondern die hauseigenen Werkstätten und eine Sozialstation enthielten. Wie er erklärte, gab es für die ärztliche Versorgung der Tiere auf dem Gelände auch eine Krankenstation.

»Und wo sind die Kisten?«, platzte Isy heraus, als sie sich der Verladerampe näherten und noch immer keine grüne Kiste zu entdecken war, und schaltete heimlich das Tonband ein. »Die mit der Aufschrift ›Living animals‹?«

Suchend sah sich der Zoologe um. »Du meinst die für lebende Tiere? Es scheint keine Lieferung gekommen zu sein.«

»Um was für Lieferungen handelt es sich denn normalerweise?« Isy versuchte die Frage beiläufig klingen zu lassen, damit Herr Knöpfle ihre Aufregung nicht merkte. »Uns interessiert nämlich alles, wissen Sie!«

Der Zoologe nickte freundlich. »Also, hier werden lebende Ratten oder Mäuse als Leckerbissen für unsere Löwen angeliefert!« Und als er sah, wie Amanda das Gesicht verzog, fügte er hinzu, dass auch ständig ganze Lastwagenladungen Obst und Gemüse vom Fruchthof ankämen. Immerhin hätte der Zoo an die dreizehntausend Tiere gesund zu ernähren.

Dann waren die grünen Kisten also ganz harmlos?, dachte Isy enttäuscht, während Herr Knöpfle vorschlug mal zu sehen, was in der Futterküche brutzelte, und sie in das Gebäude neben der Rampe führte, wo es auf einem Riesenherd aus mindestens zehn gewaltigen Kochtöpfen brodelte.

»Wird hier für die Tiere etwa richtig gekocht?«, erkundigte sich Amanda und nahm schnuppernd den ersten Deckel hoch. »Reis mit Rosinen!«, staunte sie. »Ist ja krass!«

»Nicht gerade die gute schwäbische Küche!«, schmunzelte Herr Knöpfle. »Aber die Affen mögen es.« Dann begrüßte er den Koch, der hier Futtermeister hieß.

»Die Mädchen schauen sich nur um«, erklärte er ihre Anwesenheit, »sie brauchen es für ein Schulprojekt.«

»Was wollt ihr wissen?«, fragte der Futtermeister und drückte Amanda einen Löffel in die Hand. »Willst du mal kosten?«

»Klar!« Mutig nahm Amanda von der Affenkost. Dann stand ihr Urteil fest. »Fehlt Salz!«

»Das fehlt nur uns Menschen«, beruhigte sie der Tierkoch, »die Affen und die Vögel, an die der Reiskuchen verfüttert wird, bekämen vom Salz nur unnötig Durst.«

»Was frisst denn ein Elefant am Tage?«, fragte Isy neugierig und hielt ihr Aufnahmegerät über den Herd. »Haben Sie das im Kopf?«

Der Futtermeister nickte gelassen. »Das möchte wohl sein! Also, an einem guten Tag schafft er locker dreißig Kilo Heu, fünfundzwanzig Kilo Stroh, fünfundzwanzig Kilo Rüben, zwei Eimer Kraftfutter, einen Eimer Möhren, sechs alte Brote, reichlich Obst und Gemüse und eine Badewanne voll Wasser ... Im Winter kommen noch die ausgemusterten Tannenbäume hinzu.«

»Ist ja genau dein Frühstück, Amanda!«, lästerte Isy gerade, als der Löffel der Freundin klirrend zu Boden fiel. Blass, als sähe sie einen Geist, starrte Amanda zur Tür. Auf der Schwelle zur Futterküche stand Möhre.

Auch den Tierpfleger schien ihr Anblick zu schocken. Im Bruchteil einer Sekunde war er verschwunden.

»Möhre!«, rief Amanda. »He, Möhre, warte doch!«

Ohne sich umzusehen, raste sie los. Isy stürzte ihr nach auf den Hof. Der lag für einen Moment still im Märzsonnenlicht. Ein paar Spatzen zankten sich um Futter und zwischen den Pflastersteinen lugte neugierig ein Löwenzahn hervor. Möhre aber war nirgends zu entdecken.

»Wir schnappen ihn im Affenhaus!«, rief Isy und lief voran, während Amanda ein wenig langsamer folgte.

»Ich dachte ... eh ... ich seh ... eine Fata Morgana!«, keuchte sie.

Doch sie hatten Pech. Patrick Talke hatte laut Aussage seiner Kollegen im Affenhaus schon Feierabend.

Mit hängenden Köpfen trotteten sie heim. Zwar hielten sie auf dem Weg zum Ausgang hoffnungsvoll nach ihrer Zoofreundin Ausschau, aber seit sie sich vorgenommen hatten ihr kräftig auf den Zahn zu fühlen, schien sie wie vom Erdboden verschluckt. Zurück in die Futterküche konnten sie leider auch nicht mehr. So unhöflich, wie sie Herrn Knöpfle dort hatten stehen lassen! Was für eine Blamage!

»Es ist einfach mit mir durchgegangen!«, bekannte Amanda zerknirscht. »Aber du hättest wenigstens bleiben können!«

»Ach, jetzt bin ich wohl schuld?«, empörte sich Isy. »Du rast wie ein vergifteter Affe davon und lässt mich einfach mit dieser Reispampe stehen; was sollte ich denn tun? Außerdem müssen wir doch unbedingt mit diesem Typen reden! «

»Genau das dachte ich auch!«

»Dann sind wir uns ja einig«, sagte Isy versöhnlich. »Wir entschuldigen uns irgendwann bei Herrn Knöpfle. Wir sagen, dir ist plötzlich schlecht geworden!«

Amanda nickte. »Und was machen wir jetzt mit Möhre?«

»Dem rücken wir auf die Bude. Sofort!«

»Auf welche Bude denn? Weißt du etwa, wo er wohnt?«

»Nein, aber ich weiß, wo die nächste Telefonzelle ist. Da gucken wir einfach ins Telefonbuch!«

Es war aber gar nicht so einfach, in ein Telefonbuch zu gucken, denn in der ersten Telefonzelle war das Telefonbuch herausgerissen und vor der nächsten drängten sich schon ungeduldig die Wartenden, während ein blasses, stupsnasiges Mädchen mit lässigem Lächeln ein Dauergespräch zu führen schien.

»Dann suchen wir seine Adresse eben bei mir auf dem Computer heraus!«, schlug Amanda vor. »Auf der D-Info findest du alles!«

Amanda hatte nicht zu viel versprochen. Nach der konsequenten Abwehr aller mütterlichen Einmischungsversuche genügten das Einlegen der silberfarbenen Scheibe in das CD-ROM-Laufwerk und ein paar Mausklicks, um Patrick Talkes Telefonnummer und Anschrift auf dem Monitor erscheinen zu lassen. Zufrieden stellten sie fest, dass Möhre nur ein paar U-Bahn-Stationen entfernt wohnte. Der würde Augen wie Spiegeleier kriegen, wenn sie gleich bei ihm klingelten!

Augen wie Spiegeleier machte Möhre zwar nicht, als sie erwartungsvoll vor seiner Wohnungstür standen, aber die Überraschung war ihnen gelungen.

»Was ist denn jetzt los?«, fragte er verdutzt und schob sich demonstrativ zwischen Türrahmen und Besuch. Hereinbitten wollte er sie offenbar nicht. »Waren wir verabredet?«

»Wir sind so froh, dass es dir besser geht!«, schnurrte Amanda. »Im Nachttierhaus dachten wir schon, du bist tot!«

»Wie ihr seht, lebe ich!«, sagte Möhre kühl. »Und weil ich lebe, muss ich essen, und das tu ich gerade.«

»Was isst du denn?«, erkundigte sich Isy freundlich. »Doch nicht etwa Risotto nach Räuberart?«

Möhres blasses, sommersprossiges Gesicht überzog sich mit einem feinen Rot. »Wie ich schon sagte, ihr stört!«

Er trat in den Flur zurück und wollte die Tür ins Schloss werfen, aber Isys Fuß war schneller. Federnd sprang die Tür wieder auf.

»Seid ihr auf Hausfriedensbruch aus?«, zischte der Tierpfleger wütend. »Wahrscheinlich habt ihr mir auch schon die Polizei auf den Hals gehetzt! Vielen Dank!«

»Meinst du diesen F. B.? Der Typ blickt doch gar nicht durch!«

»Das sehe ich aber anders. Haut bloß ab!«

»Nicht, bevor du uns gesagt hast, was das Rezept bedeutet!«

»Welches Rezept?«, stellte sich Möhre dumm.

Isy registrierte sein knallbuntes Shirt. Von wegen »Grufti«!

»Du weißt genau, was ich meine! Diesen Papierfetzen, den du in der Hand hattest, als wir dich fanden.«

»Ich will damit nichts mehr zu tun haben, versteht ihr?«

»Wir sind vor ein paar Tagen auch im Zoo überfallen worden! Du bist nicht der Einzige.«

Überrascht kniff Möhre die Augen zusammen. »Ehrlich?«

»Sie haben uns beide gefesselt und in einen Stall gesperrt!«

»Also gut!« Möhre atmete hörbar. »Der Schnipsel war eine Info! Aber wenn ihr zu blöd zum Lesen seid, dann vergesst es!«

Die Tür krachte zu. Erschreckt lauschten sie dem Schall. Dann bummerte Isy noch einmal gegen das Holz.

»Wer ist der Mann im Vogelhaus? Der mit der kleinen Narbe?«

»Tengelmann? Der ist erst ein paar Wochen bei uns.« Der Stimme nach zu urteilen, stand Möhre noch hinter der Tür. »Hat vorher im Tierpark gearbeitet und schreibt was über Vogelverhalten in moderner Gefangenschaft. Wie kommt ihr darauf?«

»Weil er die Stimme auf unserem Band ist!«

»Häh? Ich weiß überhaupt nicht, wovon ihr sprecht. Aber wenn ich euch trotzdem einen Rat geben kann: Haltet euch da besser raus!«

Irgendwo in der Wohnung klappte eine Tür. Möhre hatte sich endgültig zurückgezogen. Enttäuscht stiegen sie die ausgetretenen Stufen hinab.

Amanda machte ein Gesicht, als ob sie Zahnschmerzen hätte. »Dieser Feigling!«, schnaufte sie empört.

»Auf den Malediven war er auch nicht! Kein bisschen braun!«

»Der hat Schiss, Amanda! Immerhin hat er was auf die Birne gekriegt. Feig ist er nicht!«

»Haben sie uns bei dem Überfall vielleicht sanft behandelt?«, murrte Amanda und zerrte die schwere Haustür auf. Ein Geruch von scharfem Rauch schlug ihnen entgegen. Er war Isy aus Oma Doras Garten vertraut. Die Kleingärtner der nahen Kolonie machten Frühjahrsputz und verbrannten das alte Laub.

»Wahrscheinlich ist er sauer, weil er denkt, wir haben ihm die Polizei auf den Hals gehetzt«, erklärte Isy. »Aber jetzt wissen wir wenigstens, wie die Flüsterstimme heißt! Nun müssen wir bloß noch das Rätsel mit dem Rezept lösen. Am besten, wir holen es gleich aus deinem Kochbuch und gehen es noch einmal Wort für Wort durch. Der soll nicht wieder sagen, dass wir zu blöd zum Lesen sind!«

»Ich sehe nicht ein, wo da eine Info sein soll!«,

widersprach Amanda. »Man nehme pro Person fünfzig Gramm Reis! Klingt das etwa wie eine Message?«

»Das werden wir ja sehen!«

Leider sahen sie nichts. Denn so sehr sie daheim in Amandas zahlreichen Kochbüchern wühlten, schwitzten und fluchten; das Rezept war verschwunden!

17

Am Dienstagnachmittag feierte Jennifer Niemann ihren dreizehnten Geburtstag. Obwohl sie nicht gerade ein Herz und eine Seele mit ihr waren, gingen Isy und Amanda hin. Erstens, weil auch Sassi und Bini zugesagt hatten und zweitens, weil Jennifers Geburtstage immer für eine Überraschung gut waren. Mal ging es mit allen Gästen im Kleinbus in einen Vergnügungspark, mal war ein Zirkus das Ziel. Auch dieses Jahr würde es bestimmt wieder eine schöne Überraschung geben.

Sie trafen sich eine Stunde nach Schulschluss vor Jennifers Wohnung und legten ihr ein romantisches Briefpapier und eine brandneue CD der »Spice Girls« auf den Gabentisch.

Als alle geladenen Mitschülerinnen, zwei Tanten und ein Cousin endlich eingetroffen waren, verteilten Frau Niemann und Jennifers Oma bunte Papiermützen und lustige Buttons und bugsierten die Gästeschar in den wartenden Kleinbus, an dessen Steuer schon Jennis Vater saß.

Erwartungsvoll rutschten Isy und Amanda auf die Sitze hinter Saskia und Binette und harrten der Dinge, die an diesem Nachmittag noch kommen würden. Endlich mal was anderes!

»Alle an Bord?«, erkundigte sich Herr Niemann und als ein vielstimmiges »Ja!« ertönte, rollte der Bus los und Jennifers Mutter holte den ersten Preis aus der umfangreichen Preistüte. Es war die Videokassette vom »König der Tiere«. Wie jedes Jahr musste nun der Anfangsbuchstabe des Ausflugszieles erraten werden, wo schon die festlich gedeckte Geburtstagstafel auf sie wartete.

Im letzten März hatte Sassi den ersten Preis gewonnen, eine CD von Tic Tac Toe.

Während alle das Alphabet durcheinander schrien, kam Isy ein schrecklicher Verdacht, und als Jennifers Cousin Berni, der als Erster »Z!« gebrüllt hatte, dafür die Videokassette erhielt, war eigentlich alles klar. Das durfte nicht wahr sein!

»Ahnst du, wo es hingeht?«, fragte sie Amanda leise.

»Ich glaube es nicht!«, stöhnte die und hielt sich die Ohren zu, während Jennifers Mutter verkündete, dass die Geburtstagsfeier diesmal im Berliner Zoo stattfand.

»Ist das eine Überraschung?«, frohlockte sie.

Alle fanden, dass es eine tolle Überraschung war. Nur zwei äußerten sich nicht und sahen schweigend aus dem Fenster.

Am Löwentor suchte Herr Niemann eine Parklücke und die Gesellschaft bewegte sich ausgelassen Richtung Waldschänke, wo schon die Geburtstagstorte wartete. Die meisten Gäste waren länger nicht mehr im Zoo gewesen und nutzen die Gelegenheit sich ein bisschen umzusehen. Nur Isy und Amanda trotteten mit sauren Mienen hinterher. Hoffentlich trafen sie Tannhäuser und Gummibärchen nicht mit diesen albernen Papiermützen auf dem Kopf.

Aber alles ging gut. Unerkannt erreichten sie das Restaurant und schlüpften an die Geburtstagstafel. Sie war mit Blumen und Kerzen und leckeren Torten geschmückt. Isy zählte eine Ananas-, eine Schwarzwälder Kirsch- und eine Käsetorte. Frau Niemann und die Serviererin gossen Kaffee und Kakao ein und beluden die Teller mit Kuchen. Isy hatte sich als Erstes ein Stück Käse-, Amanda ein Stück Ananastorte gewünscht. Ihnen gegenüber saß Cousin Berni, der verlegen an den Fingernägeln kaute. Er war der einzige Junge unter lauter schwatzenden, kichernden Mädchen, denn Klausi, Jennifers anderer Cousin, fiel dieses Jahr wegen Grippe aus.

Während Herr Niemann mit seiner Videokamera um die Tafel huschte, um die Feier für die Nachwelt festzuhalten, und das große Schmausen begann, verlangte plötzlich eine vertraute Stimme am Nebentisch die Rechnung. Isys Kuchengabel schien vor Überraschung in der Luft hängen zu bleiben. Auch Amanda erstarrte. Stumm sahen sie einander an und wagten nicht, sich umzudrehen. Offensichtlich hatte die alte Dame sie dank der Papiermützchen in der Geburtstagsgesellschaft nicht erkannt.

Sie hörten sie mit der Serviererin sprechen, dann klimperten Münzen, ein Stuhl schurrte und ihre Zoobekanntschaft entfernte sich mit langsamen Schritten. Was nun? Sitzen bleiben und Kuchen essen oder die Verfolgung aufnehmen?

Kuchen essen!, flehten Amandas Augen.

»Das ist unsere Chance!«, zischte Isy. »Jetzt kriegen wir sie!« Energisch zog sie die Freundin vom Stuhl und versicherte der beunruhigten Frau Niemann gleich wieder zurück zu sein.

»Wir hätten wenigstens aufessen können!«, knurrte Amanda, als sie ihre Jacken holten. Isy aber war schon zur Tür hinaus und spähte dem blauen Mantel nach, der Richtung Vogelhaus verschwand.

»Was sag ich!«, kombinierte sie laut. »Sie hängt mit drin! Wetten, dass sie sich jetzt mit Tengelmann trifft?«

Vorsichtig, immer im Schatten von Büschen und Bäumen bleibend, folgten sie ihrer Verdächtigen. Und bald schon wurde es zur Gewissheit: Isy hatte richtig vermutet. Die alte Dame betrat das Vogelhaus und sah sich suchend um.

»Wir müssen so tun, als ob wir sie ganz zufällig hier träfen«, erklärte Isy und nahm die Papiermütze ab. »Kein Wort davon, dass wir sie vorhin im Restaurant gesehen haben!«

»Jawohl, Frau Hauptkommissarin!«, brummte Amanda und verstaute ihre Mütze ebenfalls in der Tasche. »Aber bitte Beeilung! Ich will noch was von der Ananastorte kriegen!«

Dann betraten sie das Vogelhaus und alles lief so ab, wie Isy es ausgemalt hatte. Sie entdeckten ihre alte Bekannte an der Voliere des Rennkuckucks und täuschten eine zufällige Begegnung vor.

Ahnungslos spielte die Frau mit den grauen Löckchen das Spiel mit.

Freundlich erkundigte sie sich nach dem Fortschritt ihrer Recherchen und die Mädchen berichteten von ihrem Besuch in der Futterküche des Zoos. Die ganze Zeit aber lauerte Isy nur auf die Gelegenheit ihren Verdacht zur Sprache zu bringen. Aus den Krimis wusste sie, dass es so etwas wie ein Überraschungsmoment gab. Man musste den Verdächtigen durch Überrumpelung geständig machen. Die Gelegenheit schien gekommen, als sie zusammen auf einer Bank Platz genommen hatten und die Zoofreundin eine Tafel Schokolade in drei Teile brach. In diesem Moment sah Isy die Stricknadeln im Ledershopper glänzen.

»Stricken ist wohl Ihr Hobby?«, schrie sie gegen das schrille Vogelgezeter an, denn sie hatten eine Bank in der Nähe besonders lauter Gesellen erwischt.

»Nur noch für die Enkelkinder. Pullover und Schals werden immer gebraucht!«

»Und woran stricken Sie zurzeit?«

»Ein Jäckchen für den Kleinsten!«

»Bitte, seien Sie jetzt nicht böse, aber meine Freundin, die Ahnung vom Stricken hat, behauptet, Sie könnten es gar nicht richtig, sondern würden nur so tun! Stimmt's, Amanda?«

Amanda, die gerade Schokolade in ihren Mund stopfte, wurde knallrot.

Isy behielt die Frau scharf im Auge. Die aber zuckte nicht mit der Wimper. Im Gegenteil. Das freundliche Lächeln verwandelte sich nicht. Es stand weiter in ihrem Gesicht wie auf einem hübschen Bild. Die Sache mit dem Überraschungsmoment schien nicht geklappt zu haben. Entweder war sie absolut ahnungslos oder total gerissen.

»Was für ein seltsamer Gedanke! Warum sollte ich denn das tun?« Verwundert schüttelte die Zoofreundin den Kopf.

»Vielleicht zur Tarnung!«, sagte Isy tapfer. Sie war entschlossen nicht zimperlich zu sein. Richtige Kommissare konnten sich bei ihren Befragungen auch nicht von Sympathien leiten lassen. Das war manchmal ganz schön hart.

»Als Tarnung? Warum, um Himmels willen, sollte ich mich denn tarnen?« Die Augen hinter den starken Gläsern der pinkfarbenen Brille blinzelten verstört. »Ist das ein neues Spiel? Oder läuft hier am Ende eine versteckte Kamera? Man kennt das doch aus dem Fernsehen!« Interessiert sah sie sich um.

Isy beschlich plötzlich das unangenehme Gefühl zu weit gegangen zu sein. Auch Amandas entsetzte Miene drückte das aus. Sollte sie lieber einen Rückzieher machen? Sich entschuldigen? Alles erklären? Oder die Sache mit dem Überraschungsmoment doch noch einmal riskieren?

»Sie sind hier verabredet, nicht wahr?«, fragte sie leise. »Wir wissen auch, mit wem. Aber das sollten Sie nicht tun! Der Mann ist ein Verbrecher. Wenn Sie können, steigen Sie aus! Sagen Sie einfach alles der Polizei!

Bestimmt bekommen Sie in Ihrem Alter besonders mildernde Umstände!«

Nun aber schien die Geduld der Zoobesucherin erschöpft. »Ich bin weder verabredet, noch brauche ich mildernde Umstände! Alles was ich jetzt brauche, sind meine Herztropfen und ein Glas Wasser! So viel Unsinn habe ich schon lange nicht mehr gehört!« Sie warf ihren Ledershopper über die Schulter und stand auf. »Nehmt ihr vielleicht Ecstasy oder so etwas?«, fragte sie misstrauisch. »Ihr seid doch sonst ganz normal!« Dann verschwand sie erzürnt in Richtung WC.

»Bingo, Frau Hauptkommissar!«, spottete Amanda, während Isy betreten dreinsah. »Jetzt hat sie einen Herzanfall!«

»Es war das Überraschungsmoment!«, verteidigte sich die Freundin. »Die Polizei wendet es häufig an. Im Film klappt es meistens …«

»Ich seh lieber Liebesfilme! Da lernt man wenigstens nicht andere Leute zu beleidigen!«, entgegnete Amanda spitz.

Die hatte gut Lachen! Erst einen Verdacht in die Welt setzen und dann anderen die Schuld in die Schuhe schieben …

»Wer hat denn zuerst behauptet, dass sie nicht stricken kann?«

»Kann sie auch nicht! Aber ist man deshalb gleich kriminell?«

Isy antwortete nicht. Sie hatte sowieso den schwarzen Peter.

Mit klopfendem Herzen wartete sie auf die Rückkehr der Löckchenfrau. Natürlich würde sie sich sofort entschuldigen. Möglicherweise hatte die sogar Verständnis dafür, wenn sie erst einmal erfuhr, was hier im Zoo wirklich lief. Ungeduldig sah Isy zu der Tür, hinter der die alte Dame verschwunden war. Sämtliche

Frauen waren inzwischen hinein- und herausgeschlüpft. Aber die alte Dame war nicht dabei gewesen. Hatte sie die Sache doch schlimmer aufgeregt, als es den Anschein gehabt hatte? War ihr am Ende schlecht geworden?

Auch Amanda stierte dumpf auf die braune Tür. Isy wusste, dass sie jetzt an die Torten auf der Kaffeetafel dachte. Diesen Vorwurf würde sie sich noch lange anhören müssen!

In den benachbarten Volieren begannen die Vögel wieder mit ihrem schrillen Geschrei.

Beunruhigt stand Isy auf. »Ich schau mal nach!«, teilte sie Amanda mit. »Vielleicht braucht sie Hilfe!«

Rasch eilte sie über den Gang und riss die Tür zum Waschraum auf. Er war leer. Auch die Toiletten waren frei. Ungläubig sah sie sich um. Wie war das möglich? Wo war die Frau hin?

Im Türrahmen tauchte Amandas blonder Schopf auf. »Isy?«

»Sie ist weg!«

»Wie weg?«

»Abgehauen! Verduftet! Stiften gegangen! Wie du willst!« Isy schnappte vor Aufregung nach Luft. »Dein Verdacht war absolut richtig! Auch das Überraschungsmoment hat gewirkt!«

»Von wegen für die Enkelkinder stricken!« Amanda schüttelte fassungslos den Kopf. »Die lügt ja wie gedruckt! Aber wie ist sie raus? Wir haben doch die Tür beobachtet!«

»Sie ist nicht durch die Tür!«

»Dann ist sie durchs Fenster!«

»Hier gibt es kein Fenster!«

»Was?« Entgeistert starrte Amanda sie an. »Aber sie kann sich doch nicht in Luft aufgelöst haben!«

»In Luft vielleicht nicht!«, sagte Isy und begann

unter die Waschbecken zu kriechen. Als sie nicht fand, was sie suchte, nahm sie sich den Behälter mit den verbrauchten Papierhandtüchern vor. Ein Weilchen stocherte sie darin herum, bis sie endlich triumphierend etwas Graues, Lockiges, das erst auf den zweiten Blick als Perücke erkennbar war, durch die Luft schwenkte. »Aber in eine andere Person!«

18

»Euch lade ich nicht mehr ein!«, verkündete Jennifer Niemann gekränkt, als sie sich am anderen Morgen bei ihr entschuldigen wollten. »Meine Mutter sagt, ihr habt kein Benehmen!«

»Das hatte Gründe«, versuchte Amanda eine Erklärung, »über die wir leider noch nicht reden können!«

»Ihr seid wohl wieder in einen Postraub verwickelt?«, fragte Jennifer spitz. »Kann man sich ja denken, wenn man zwei Katastrophenweiber einlädt!«

»Die Katastrophe war eure Torte! Uns war von der Torte schlecht!«, gab Isy zurück und zog mit Amanda davon.

»Wieso? Was war denn mit der Torte?«, rief ihnen Jennifer kampflustig nach. »Uns hat sie geschmeckt!«

»Wenn man Salmonellen mit Ananas mag?«, Amanda rollte die Augen. »Deine Geburtstage sind ja lebensgefährlich!«

Worauf Jennifer in empörtes Schluchzen ausbrach und von Sassi und Bini getröstet werden musste. Dabei tuschelten sie miteinander und Sassi zeigte auf Isy, Amanda, Tannhäuser und Gummibärchen. Was sollte denn das?

Die unausgesprochene Frage wurde sogleich beantwortet, indem Sassi und Bini den Oldie »It's so easy to fall in love, it's so easy to fa-ha-ll in love!« anstimmten und wie auf Kommando in Gelächter ausbrachen. Gab es denn in dieser Klasse nur blöde Ziegen?

Während der ersten Stunde beschloss Isy nach einigem Überlegen einen Brief an Jenni zu schreiben und ihr vorzuschlagen die Sache mit den Katastrophenweibern zurückzunehmen, worauf sie ihre negativen Bemerkungen über die Geburtstagstorten zurücknehmen würden. Der Brief wanderte vier Bänke weiter zu Amanda, die erleichtert mit unterschrieb. Auch ihr Gewissen war nicht ganz sauber, denn sie fand ebenfalls, dass sie nicht fair zu Jennifer gewesen waren. Immerhin war es ihre Party gewesen.

Als die Antwort in Form eines winzigen Papierknäuels hinter Trischis grauem Sakkorücken auf Isys Platz plumpste, war ihr klar, dass auch Jennifer Versöhnung suchte.

Es stellte sich aber heraus, dass die Luftpost gar nicht von Jennifer Niemann, sondern von Tannhäuser kam, der für den Nachmittag dringend ein Treffen bei Amanda vorschlug.

Das trifft sich gut, dachte Isy, denn sie hatte den Jungen in der Pause dasselbe vorschlagen wollen. Die würden vielleicht sprachlos sein, wenn sie erfuhren, was Amanda und ihr gestern im Vogelhaus passiert war! Sie malte »15 Uhr!« auf den Zettel und schickte ihn auf gleichem Wege zurück.

»Manchmal frage ich mich«, bemerkte Trischi an der Tafel, »ob ich in der Schule oder auf dem Postamt bin?«, und bewies mit dieser Äußerung einmal mehr, dass Lehrer hinten Augen haben.

Nach Schulschluss ging Isy mit Amanda nach Hause und zur verabredeten Zeit trudelten auch Hagen und Reginald ein.

»Wir haben eine Überraschung für euch!«, teilte Gummibärchen großspurig mit und knallte sich in Amandas blauen Sessel. »Wir wissen nämlich endlich, wie die Flüsterstimme heißt!«

»Heißt sie zufällig Tengelmann?«, fragte Isy stolz.

»Wir haben übrigens auch eine Überraschung für euch!«

»Lasst hören!«, forderte Gummibärchen und tat so, als sei er überhaupt nicht beeindruckt.

»Wir kennen seine Komplizin!«

»Name!«, forderte Tannhäuser, aber Isy schüttelte den Kopf.

»Den haben wir nicht. Aber ihren Skalp!«

Mit offenem Mund erfuhren die Jungen, was sie und Amanda im Vogelhaus erlebt hatten.

»Ist ja der totale Wahnsinn!«, staunte Gummibärchen, als ihm Amanda mit der Perücke vor der Nase herumwedelte. »Jetzt weiß ja keiner, wie die aussieht!«

»Wir haben uns den Kopf zerbrochen, wie sie uns so einfach durch die Lappen gehen konnte. Wir hätten wenigstens die Kleidung erkennen müssen, aber ihr blauer Mantel war bestimmt zum Wenden und sie hat ihn im Waschraum einfach umgedreht!«, berichtete Isy.

Auch Tannhäuser, der in Amandas PC herumsuchte, schien von dieser Wendung der Geschichte ziemlich überrascht. »Die graue Perücke sollte sie natürlich älter mache«, grübelte er. »Also ist sie jünger. Und ich dachte schon, wir hätten es wirklich mal mit einer toughen Oma zu tun!«

»Aber sie läuft ziemlich schlecht!«, warf Amanda ein.

»Das kann gespielt sein.« Isy dachte an die helle Stimme der alten Frau. »Sie ist mittelgroß und schlank. Außerdem muss sie sportlich und kräftig sein. Wie hätte sie uns sonst im Zoo so geschickt überwältigen können?«

»Du meinst, sie und Tengelmann …?« Amanda schüttelte den Kopf. »Die war doch immer so nett zu uns!«

»Das denkst du!«, sagte Gummibärchen, der die Wand über Amandas Liege musterte, von der auf einem Riesenposter Prinz William schüchtern herablächelte. »Dabei hat sie euch ganz cool ausspioniert! Habt ihr wenigstens die Augenfarbe?«

»Wie denn? Sie trug ja immer diese starke Brille!«

»Es könnte also so ziemlich jede Frau im Zoo sein!«, fasste Tannhäuser missmutig zusammen. »Halten wir uns lieber an diesen Tengelmann als Verdächtigen!«

»Aber wir können ihm nichts beweisen!«, seufzte Isy. »Wir wissen ja noch nicht einmal, was geklaut werden soll!«

»Geklaut werden kann praktisch alles!«

»Willst du damit sagen, dass du zum Beispiel ein Nashorn aus dem Zoo herauskriegst?«, zweifelte Amanda.

»Wenn es unbedingt sein muss! Am besten natürlich nachts.«

»Du meinst, du hebst es einfach über den Zaun und läufst dann mit ihm über den Ku'damm?«

Tannhäuser lächelte überlegen. »Ein, zwei Zaunpfähle lassen sich ohne Probleme herausnehmen und auf dem Kanal wartet bereits mein Boot. Auf diesem Weg kannst du den ganzen Zoo klauen. Einschließlich Direktor.«

»Kleine Tiere sind aber manchmal viel kostbarer!«, warf Isy ein. »Ich glaube Möhre hat einen ganz bestimmten Verdacht, den er uns angeblich angedeutet haben will. Wenn Amanda endlich mal das Rezept fände, könnten wir vielleicht dahinter kommen.«

»Mann, ich kann das schon nicht mehr hören!«, stöhnte die. »Immer soll ich schuld sein! Vielleicht hast du es selbst eingesteckt und verbummelt?«

»Wie denn? Du hast doch zu diesem F. B. erst neulich gesagt, dass du es zu Hause in deinem Kochbuch hast!«

»Wo sind denn deine Kochbücher?« Gummibärchen wuchtete sich aus Isys Lieblingssessel und tapste hinter Amanda in die Küche. »Meine Mutter verlegt auch immer alles«, brummte er beruhigend, »das haben wir gleich!«

Isy und Tannhäuser hörten ihn ein Weilchen in der Küche rumoren, dann ertönte Amandas Freudenschrei. Erleichtert kam sie mit dem Rezept angeschossen. »Es war bloß ins Backbuch gerutscht!« Sie streckte ihnen den Zeitungsschnipsel hin. »Hagen ist wirklich gut. Jetzt sucht er die Zigaretten, die mein Vater versteckt hat!«

»Der soll lieber mit uns suchen!«, murmelte Tannhäuser.

Dann steckten sie über dem Risotto-Rezept die Köpfe zusammen. Isy, die Tannhäuser noch nie so nah gekommen war, fand, dass er eigentlich viel sympathischer war, als er ihr in der Schule erschien. Sein Lächeln konnte richtig süß sein.

Sie lasen das Rezept mehrmals durch und versuchten es sogar rückwärts zu lesen. Dann suchten sie nach geheimen Zeichen und hielten es mehrfach gegen das Licht. Nichts. Nichts als ein ganz normales Rezept, wenn die Schweinswürstchen mit Knoblauch nicht ein brandheißer Hinweis darauf waren, dass im Zoo ein Schwein geklaut werden sollte. Wollte Möhre sie auf den Arm nehmen?

»Was ist mit der Rückseite?«, fragte Tannhäuser und drehte den Schnipsel um. »Vielleicht meint er ja gar nicht das Rezept?«

»Das Osternest? Das meint er bestimmt auch nicht!«

»Wo seht ihr denn ein Osternest? Das ist ein Vogelnest!«

»Jedenfalls ein Nest mit Eiern!«, stellte Amanda fest,

während sie dem eintretenden Gummibärchen strahlend eine Stange Marlboro entriss.

»Super! Wo hatte er sie versteckt?«

»Hinter der Gardinenstange. Alter Bauerntrick. Saugeile Wohnung übrigens! Wie viele Zimmer habt ihr denn?«

»Sechs.«

»Drei Personen in sechs Zimmern? Bei uns ist es umgekehrt.«

»In diesem Nest liegen vier Eier!«, brachte Tannhäuser das Gespräch wieder auf den Punkt. »Könnte es vielleicht ein Hinweis darauf sein, dass jemand Vogeleier klauen will?«

»Wozu denn das?«, fragte Amanda. »Sind die denn wertvoll?«

»Kommt drauf an!« Der kurzsichtige Tannhäuser kniff die Augen zusammen, um die winzige Schrift am Rande des Schwarzweißfotos besser zu erkennen. »Hier steht was von Falken!«

»Hast du ›Falken‹ gesagt?« Wie von der Tarantel gestochen sprang Isy von Amandas Liege auf. »Zeig her!«

Tannhäuser hatte Recht. Die Rückseite des Risotto-Rezeptes zeigte ein nordisches Falkengelege. Und sie hatte es für ein Osternest gehalten!

Schlagartig erinnerte sich Isy an die Fernsehbilder von dem Scheich, zu der einige Untertanen mit ihren Raubvögeln erschienen waren.

Das konnte einfach kein Zufall sein!

»Ich glaube, ich weiß jetzt, um was es geht!«, triumphierte sie. »Möhre hat uns wahrscheinlich den Tipp geben wollen, dass im Zoo die nordischen Falken in Gefahr sind. In den Emiraten zahlen Leute für einen Gerfalken schon mal locker eine Viertelmillion Dollar! Wanderfalken sind preiswerter zu haben!« Zufrieden sah sie in die entgeisterten Gesichter.

»Eine Viertelmillion?«, hauchte Amanda. »Für einen Piepmatz?«

»Das stimmt!«, erinnerte sich Tannhäuser. »Hab ich auch schon gelesen. Und bei dem Aufwand, den die betreiben, muss es sich ja lohnen. Für so viel Kohle würde ich mir auch 'ne Perücke aufsetzen und schlurfen!«

»Heißt das, dass wir diesen Tengelmann jetzt beim Klau der Vögel im Zoo erwischen müssen?«, fragte Gummibärchen. »Dürfte schwer sein!«

»Der Verdacht reicht völlig! Wir müssen nur beweisen, dass er Amanda und mich im Zoo überfallen hat«, überlegte Isy. »Seine Stimme haben wir schon mal auf Band. Und von seiner Komplizin haben wir die Perücke. Jetzt muss man ihn bloß noch dazu bringen, dass er auspackt. Dann hätten wir sogar ein Verbrechen verhindert!« Sie lächelte so siegessicher, als sähe sie Amanda und sich schon auf dem Titelblatt und über ihrem Foto die fett gedruckte Schlagzeile: »Mutige Berliner Mädchen verhinderten Diebstahl im Zoo!«

»Wie willst du das denn schaffen?«, zweifelte Tannhäuser.

»Sie arbeitet mit dem Überraschungsmoment!«, verriet Amanda.

Isy nickte. »Habt ihr auch eine Bibliothek, Amanda?«

Verwundert schüttelte die den Kopf.

»Macht nichts, wir nehmen das Esszimmer«, entschied Isy. »Die Überraschung für F. B. wird auch ohne Bibliothek perfekt sein. Wetten, dass ihm die Augen aus dem Kopf fallen, wenn wir ihm unseren Verdächtigen zum Hauptgang servieren?«

»Da komm ich nicht mit!«, bekannte Tannhäuser. »Heißt das etwa, du willst diesen Tengelmann hierher holen?«

»Genau! Und ihr«, Isys ausgestreckter Finger zeigte auf Tannhäuser und Gummibärchen, »lockt ihn unter dem Vorwand einer Befragung für das Computerprojekt hierher! Euch kennt er schon und euch vertraut er vielleicht.«

»Du spinnst doch! Das klappt nie!« Gummibärchen schüttelte den Kopf. »Wozu willst du denn für den noch kochen?«

»Das gehört zum Spiel!«

»Und wann soll das laufen?«

»Nächste Woche sind doch Ferien!«

»Und du«, Isys Finger drehte jetzt nach links ab und spießte fast Amanda auf, »kannst endlich dein Traum-Dinner kochen!«

»Was denn für ein Dinner?«, staunte diese.

»Ein Dinner für den Dieb! Den Rest lass mich nur machen!«

19

Es war keine Frage, dass Amanda das Risotto zubereiten musste. Was passte besser als Hauptgang für einen geladenen Dieb und einen berühmten Kriminalisten, als ein »Risotto nach Räuberart«? Da war man wenigstens gleich beim Thema!

Am Tag des großen Ereignisses stand Amanda hochrot und mit kleinen Schweißperlen auf der Nase in der Küche. Ihren ersten Ferientag hatte sie sich auch anders vorgestellt. Ausschlafen und gammeln und Serien angucken. Stattdessen schnippelte sie Champignons für das Hauptgericht und meldete zwischendurch immer mal wieder ihre Bedenken an. Sie konnte einfach nicht glauben, dass es klappen würde.

»Es ist bloß wieder eine von deinen verrückten Ideen! Wir werden uns blamieren!«

»Wir blamieren uns nur, wenn das Risotto anbrennt!«

»Mach keine Witze! Du weißt genau, was ich meine. Zum Beispiel, wenn dieser Tengelmann gar nicht kommt?«

»Der kommt! Hagen und Reginald schaffen das schon.«

»Und wenn dein Überraschungsmoment nicht wirkt?«

»Neulich hat's doch auch geklappt.«

»Er ist ein Verbrecher, Isy! Wenn er uns nun wieder fesselt?«

»Dazu wird er in Gegenwart von F. B. kaum Lust haben!«

»Und wenn der sich nun verspätet?« Mit unglücklicher Miene schmeckte Amanda das Salatdressing ab. »Ich kann nichts dafür, aber mich regt das alles auf!«

»Er hat versprochen pünktlich zu sein. Schließlich hat er nur eine Stunde Zeit!« Isy dachte an ihren Anruf bei F. B., der die Einladung ohne mit der Wimper zu zucken akzeptiert hatte. Als Isy, die ihm das Band mit der Flüsterstimme und Möhres Zeitungsschnipsel in Aussicht gestellt hatte, andeutete, dass sie und Amanda noch eine Überraschung der besonderen Art für ihn hätten, hatte der Kriminalist geantwortet, dass sie sich keine übertriebenen Hoffnungen machen sollten. Er sei schließlich Wassermann und Wassermänner überrasche so schnell nichts.

»Bleib ganz cool, Amanda! Freu dich lieber, dass der Spuk im Zoo heute endlich ein Ende hat! Wo ist denn die Terrine?«

»Wozu brauchst du eine Terrine? Es gibt keine Suppe!«

»Ich brauch trotzdem eine!«

»In der Anrichte steht sie. Sei vorsichtig, es ist Meißner Porzellan!«

Isy ging ins Esszimmer und holte eine dickbauchige Suppenterrine aus dem Schrank. Der Tisch war schon gedeckt. Amanda hatte das beste Geschirr der Familie herausgerückt. Leider befanden sich keine schweren Silberleuchter in ihrem Besitz, da sie ja auch kein altes englisches Schloss bewohnten, was neben dem Butler, erbsbreidickem Nebel und unheilvollem Käuzchengeschrei zweifellos besser zu dieser Stunde der Rache gepasst hätte. Trotzdem sah alles sehr schön aus.

Amandas Kerzen würden eben in zartem Porzellan schimmern und es gab keinen vernünftigen Grund, warum das kein wundervolles Candlelight-Dinner werden sollte. Isy stellte die Terrine dazu und hob den schweren Deckel.

Dann griff sie in die Hosentasche und legte etwas in die Suppenschüssel, das dort gewiss nicht hineingehörte. Als sie sich am Gummibaum zu schaffen machte, schellte es an der Wohnungstür. Es waren Tannhäuser und Gummibärchen.

»In einer halben Stunde kommt er!«, verkündeten sie stolz.

»Allerdings mussten wir erzählen, dass ihr Reginalds Cousinen seid!«, fügte Gummibärchen mit einem breiten Grinsen hinzu. »Irgendwie mussten wir eure Anwesenheit ja erklären.«

Sie und Tannhäusers Cousinen?, dachte Isy. Na, prima!

»Er wird uns wieder erkennen!«, warf Amanda ängstlich ein.

»Na, und? Der kann euch nichts mehr tun!«, sagte Tannhäuser »Es sei denn, euer Mafia-Spezialist wäre eine Flasche!«

Während die Jungen die Tafel im Esszimmer bewunderten, richtete Isy die Vorspeise auf einer Platte an. Amanda hatte vorgeschlagen nur von dem zu zaubern, was ohnehin im Hause war. Dann mussten sie nicht noch unnötig Geld ausgeben.

So hatte sie aus Thunfischkonserven, hart gekochten Eiern, schwarzen Oliven, Zwiebeln und Paprika einen leichten Salat nach Nizza-Art gemischt. Nun schlug sie das aufgebackene Baguette in eine Serviette und ging aufgeregt daran, das Risotto zuzubereiten. Inzwischen kehrten die Jungen aus dem Esszimmer zurück.

»Warum habt ihr denn nur für vier Personen gedeckt?«, beschwerte sich Gummibärchen und stopfte sich eines der fingerlangen Knoblauchwürstchen in den Mund.

»Weil wir nur vier sind!«, sagte Isy freundlich. »Vielen Dank für eure Hilfe!«

»Aber Tengelmann rechnet mit uns!« Enttäuscht stieß Tannhäuser Gummibärchen in die Seite. »Komm, Dicker! Hier sind wir überflüssig.«

Der aber stand wie angewurzelt. »Heißt das, dass ihr das ganze Essen allein essen wollt?«

»Isy meint, wir sollten den Fall unter uns lösen.« Amanda fuhr wie wild durch ihr Risotto, das sich als eine »rührige« Angelegenheit herausstellte. »Schließlich kennt dieser F. B. euch doch gar nicht. Aber wir heben euch was auf!«

»Nicht für mich!«, sagte Tannhäuser abweisend. »Ich esse nichts, was ein Gesicht hat!«

Noch bevor Amanda ihren Mund wieder zugeklappt hatte, klingelte es erneut an der Wohnungstür. Das musste F. B. sein. Er war etwas zu früh. Auch das noch! Entsetzt sah Isy sich um. Wohin jetzt mit Gummibärchen und Tannhäuser?

»In die Besenkammer!«, flüsterte Amanda und Isy schob die stumm Protestierenden zu Staubsauger und Schrubber, was wirklich nicht fair war. Aber sie konnte jetzt keine Zeugen brauchen. Schon gar nicht von der Konkurrenz! Dann sauste sie ins Esszimmer und zündete die Kerzen an, während Amanda die Tür öffnete.

Eine Minute später stand Berlins berühmtester Mafia-Jäger mit dezent gemusterter Krawatte in der Tür. »Das nenne ich einen Empfang!«, sagte er mit anerkennendem Blick auf die Tafel. »Gibt es etwas zu feiern?«

»Vielleicht?« Höflich bot Isy dem Kommissar Platz an. »Wir erwarten noch einen Gast, aber er kommt vielleicht etwas später. Wir fangen schon an.

Amanda erschien mit der Vorspeise und während der Kriminalist ungezwungen zulangte und sie begeistert lobte, bekamen sie vor Aufregung kaum ein Stückchen Thunfisch auf die Gabel.

»Wo sind denn deine Eltern?«, erkundigte sich F. B. bei Amanda. »Hast du ihnen Kinokarten geschenkt?«

»Theaterkarten!«, stieß die überrascht hervor. »Sie hatten Hochzeitstag!« Dann raste sie wieder zu ihrem Risotto.

»Stimmt es, dass Sie bei Patrick Talke waren?«, fragte Isy an einem Stückchen Brot knabbernd. »Er ist wütend auf uns.«

»Ja, es war sehr aufschlussreich bei eurem Möhre!«, bekannte der Kommissar. »Die Dinge sind nämlich nicht immer so, wie sie scheinen. Allerdings sagt er nicht alles, was er weiß.«

»Er hat Angst!«, gab Isy zu.

Der Kommissar seufzte. »Wenn man bedenkt, dass ich vor einer halben Stunde noch in meinem tristen Büro saß? Und jetzt an dieser schönen Tafel? Was für eine Überraschung!«

Er würde bald noch überraschter sein! Gleichzeitig würde er die Gelegenheit bekommen seine Meinung über ihr kriminalistisches Gespür gründlich zu korrigieren.

»Amanda«, rief Isy, »was macht das Risotto?«

»Ich muss noch etwas Brühe zugeben, aber mir tut schon der Arm vom Rühren weh!«, klang es zurück.

»Der Nachtisch ist auch lecker!«, versprach Isy. »Amanda ist eine Superköchin! Dabei hat sie erst im Herbst damit angefangen. Manchmal träumt sie mit einem berühmten Showmaster im Fernsehen ein Dinner zu kochen. Sie wissen, mit wem?«

»Ich bin leider nicht auf dem Laufenden!«, entschuldigte sich der Kriminalist. »Übrigens, was feiern wir denn? Hängt es mit der angekündigten Überraschung zusammen?«

»Ja«, sagte Isy stolz. »Wir haben nämlich den Fall gelöst!«

»Du meinst den Fall, der noch gar keiner ist?«

»Abwarten!«

»Bin gespannt!« Schmunzelnd sah sich F. B. um. »Eine stilvolle Umgebung habt ihr dazu ausgesucht. Es muss ja nicht immer ein englisches Schloss sein, nicht wahr? Ein bisschen Nebel wäre natürlich passend. Auch ein heulender Wind im Kamin oder der Schrei von Käuzen. Und dann müsste natürlich noch ein geheimnisvoller, undurchsichtiger Fremder an die schwere, verwitterte Haustür pochen!«

In diesem Moment klingelte es im Flur. Das Geräusch kam so unerwartet, dass Isy zusammenschrak. Auch der Kriminalist guckte etwas betroffen.

»Das Risotto ist fertig!«, meldete Amanda aus der Küche »Haben Sie eine Waffe mit?«, fragte Isy. »Für alle Fälle?«

Dann ging sie in die Diele und ließ Herrn Tengelmann ein. Falls er sie wieder erkannte, beherrschte er sich gut. Sein Lächeln wirkte arglos und sein Händedruck selbstbewusst und fest. Der Mann hatte überhaupt keine Ahnung, was ihn erwartete! Bei dem wirkte ihr Überraschungsmoment bestimmt.

»Guten Abend!«, sagte sie mutig, doch als der Gast mit leiser, fast flüsternder Stimme antwortete, überfiel sie plötzlich wieder jene panische Angst, die sie beim Abhören des Tonbandes in Herrn Knöpfles Büro empfunden hatte und ließ sie das Zittern ihrer Knie spüren.

Schnell ging sie voran und stellte ihn im Esszimmer dem Kommissar vor. »Herr Tengelmann hat sich bereit erklärt uns bei unserem Zoo-Beitrag zu helfen.«

»Sie sind also das vierte Gedeck!«, stellte F. B. blinzelnd fest. »Bollerbusch! Angenehm!«

Wieso Bollerbusch? Heißt er nicht Baltruschat?, dachte Isy verwirrt. Ach, richtig, er hatte ja mehrere Namen zur Auswahl!

Wie zu erwarten, befiel den späten Gast angesichts der festlich gedeckten Tafel eine unübersehbare Verlegenheit.

»Oh, Entschuldigung«, flüsterte er, »ich wusste nicht … Aber euer Cousin hat so gedrängt, dass ich unbedingt noch vorbeikommen möchte. Es ginge um die nordischen Falken.«

»Unser Cousin musste leider weg, aber wir machen den Beitrag gemeinsam«, versicherte Isy »Außerdem haben wir extra mit dem Hauptgericht auf Sie gewartet! Nicht wahr, Amanda?«

Amanda, die mit glühenden Wangen das köstlich duftende Risotto auftrug, warf einen furchtsamen Blick auf den Gast, bevor sie den gedünsteten Reis, der mit den gebrutzelten Schweinswürstchen belegt war, auf den Tisch stellte.

Ihr schauderte vor der kleinen rötlichen Narbe auf seiner Stirn, die im warmen Kerzenlicht matt schimmerte.

»Oh, ein Risotto e salicciotti!«, sagte Herr Tengelmann bewundernd und bewies mit dieser Bemerkung Kennerschaft.

»Auf unserem Rezept stand ›nach Räuberart‹«, erklärte Isy. »Wir haben es von Ihrem Kollegen Patrick Talke, der vor drei Wochen im Nachttierhaus niedergeschlagen wurde.«

»Ja, zurzeit gehen im Zoo wirklich mysteriöse Dinge vor.«

»Ach, noch viel mysteriöser als Sie denken! Meine Freundin Amanda und ich sind neulich am Spielplatz überfallen, gefesselt und in einen Stall gesperrt worden!«

Herrn Tengelmanns Augen wurden schmal. »Am helllichten Tag?«

»Mehr abends!«, gab Isy verlegen zu. »Aber immerhin! Wir scheinen gewisse Leute im Zoo zu stören. Einen von ihnen haben wir sogar auf Band! Das verdanken wir einem Zufall.«

Neugierig schmulte sie in die Runde, aber ihre Tischnachbarn widmeten sich konzentriert dem Genuss des räuberischen Risottos.

»Einfach überirdisch!«, lobte auch Isy die Freundin. In diesem Augenblick hörte sie ein Hüsteln. Es kam aus der Besenkammer. Laut fuhr sie fort: »Vielleicht erkennt ja jemand die Stimme?« Sie legte Tannhäusers Aufnahmegerät auf den Tisch und Herrn Tengelmanns heisere Flüsterstimme erfüllte den Raum. »Es handelt sich um zwei Mädchen!«, raunte sie. »Eine Dicke und eine Dünne, schätzungsweise dreizehn Jahre alt. Sie sind mir aufgefallen, weil sie überall herumschnüffeln ...« An dieser Stelle schaltete Isy ab.

»Da haben Sie sich leider eine auffällige Stimme ausgesucht!« Der berühmte F. B. lächelte Tengelmann freundlich an. Na, endlich fällt bei dem der Groschen, dachte Isy. Hoffentlich hat er seine Wumme griffbereit, falls der Kerl stiften geht! Sie musste ihn jetzt überrumpeln.

»Wir haben den Verdacht, dass Sie Amanda und mich bespitzelt haben!«, sagte sie entschlossen in die gespannte Stille hinein. »Wir verdächtigen Sie weiter, Ihren Kollegen Patrick Talke niedergeschlagen und Amanda und mich ebenfalls im Zoo überfallen zu haben. Was das alles mit einem kleinen Kapuzineräffchen zu tun hat, wissen wir zwar noch nicht, aber dafür kennen wir Ihre Komplizin! Sie hat sich nämlich geoutet! Amanda, hol mal die Zweitfrisur aus dem Blumentopf!«

Mit aufgerissenen Augen angelte Amanda die Perücke aus dem Gummibaum und warf sie Isy zu, die sie dem Verdächtigen unter die Nase hielt: »Gestehen Sie!«

Einen Augenblick lang hörte man nur das Knistern

der Kerzen. Erst jetzt schob Herr Tengelmann seinen Teller zurück: »Die Stimme auf dem Band gehört mir. Das gebe ich zu. Alles andere streite ich ab. Warum sollte ich denn das tun?«

»Weil irgendwo in der Wüste schon ein Scheich mit seinem dicken Portemonnaie auf die Falken aus dem Berliner Zoo wartet!«

»Ich muss dich enttäuschen. Der Zoo besitzt gar keine Falken!«

»Jetzt schwindeln Sie aber!«, sagte Isy verblüfft.

»Meine Behauptung lässt sich leicht nachprüfen.«

Nun musste sie aufs Ganze gehen! Bloß nicht einschüchtern lassen! Der war vielleicht eine harte Nuss!

»Wir haben aber einen Hinweis auf Vogeldiebstahl erhalten!« Isy legte mit bebenden Fingern den Zeitungsschnipsel auf den Tisch. »Auf der Rückseite dieses Rezepts hat uns Möhre nämlich einen Hinweis auf die Falken gegeben. Sie haben ihn zwar k. o. geschlagen, aber das Papier hatte er zum Glück noch in der Hand, als wir ihn fanden. Und wenn wir das im Moment noch nicht beweisen können, dann beweist Ihnen die Polizei eben den Überfall auf Möhre, Amanda und mich! Ihre Drohung auf dem Tonband war nämlich ein schwerer Fehler!«

Dann griff sie in die Suppenterrine und drückte dem überraschten F. B. Amandas kleines, schwarzes Aufnahmegerät in die Hand. »Hier, das läuft schon die ganze Zeit mit!« Triumphierend zwinkerte sie der versteinerten Amanda zu. »Wir hoffen, Sie sind diesmal zufrieden mit uns, Herr Baltruschat!«

Der Kommissar drehte die Augen zur Decke.

»Liebe Isolde! Liebe Amanda! Ich beglückwünsche euch, denn euch ist es gelungen, mit dem Kollegen Tengelmann meinen besten Undercover-Mann im Zoo aufzudecken. Soll ich nun lachen oder heulen?«

20

Sie saßen wieder einmal bei Signore Georgio und löffelten grünes Pistazieneis. Aber das kleine Café verzauberte sie heute nicht. Diesmal lag kein geheimnisvoller Schimmer auf den Dingen. Es musste an ihrer trüben Stimmung liegen. Das fiel sogar Signore Georgio auf, der hinter dem Edelholztresen die Grappa-Flaschen sortierte.

»Schmeckt euch mein Eis nicht mehr?«, fragte er besorgt. »Ihr schleckt es wie kranke Katzen!«

»Ihr Eis ist in Ordnung!«, versicherte Amanda. »Va bene! Isy ist was anderes auf den Magen geschlagen!«

»Molti Problemi? Esst Pasta! Pasta macht glücklich!«

Wenn das so einfach wäre!, dachte Isy. Diese Blamage war leider nicht mit ein paar Nudeln hinunterzuschlucken. Noch immer bekam sie Gänsehaut, wenn sie daran dachte, wie peinlich ihr Entschuldigungsgestammel in Herrn Tengelmanns Ohren geklungen haben musste. Von F. B. ganz zu schweigen. Der musste ihretwegen einen neuen Undercovermann einschleusen, denn ein erkannter Ermittler war ein wertloser Ermittler. Sogar Reginald und Hagen hatten nach ihrer Befreiung aus der Besenkammer nur zwei Worte für sie übrig gehabt: »Ihr Katastrophenweiber!«

Und an alledem war sie schuld. Wie hatte sie sich nur so irren können? Es hatte eben alles zu toll zusammengepasst!

Nie wäre sie darauf gekommen, dass Tengelmann

jenes geheimnisvolle Telefonat ausgerechnet mit F. B. geführt hatte.

Der Undercovermann, der in den Tiergärten der Stadt zur Tarnung an einer Arbeit über Vogelverhalten schrieb, war in Sorge gewesen, dass Amanda und sie sich mit ihrem Geplauder über Auftragskriminalität in Gefahr bringen könnten. Seine Anfrage, ob er sich um sie beide kümmern, sie also warnen sollte, wurde zu jenem Zeitpunkt noch abwartend beschieden.

»Irren ist menschlich!«, tröstete Amanda sie. »Du hast doch gar nicht so schlecht kombiniert. Immerhin hat es diesem F. B. total imponiert, wie du die alte Tante enttarnt hast. Hätte er dich sonst so gelobt und die Perücke sofort für seine Laboruntersuchungen gekrallt?«

Es stimmte schon. Der Kommissar hatte bislang noch keinen Beweis dafür gehabt, dass auch eine Dame mit in dem bösen Spiel war. Richtig begierig war er auf ihre Informationen gewesen.

»Das sind aber alles nur Peanuts!«, versicherte Isy niedergeschlagen. »Damit lösen wir den Fall nicht.«

»Wir müssen ihn ja auch nicht lösen!« Amanda grub ihr Plastiklöffelchen in Isys Portion und schabte ein Klümpchen Eis ab.

»Können wir nicht mal über was anderes reden? Hast du nun endlich mit deinen Eltern über den Schnupperkurs gesprochen?«

»Hat keinen Sinn. Ist zu teuer.«

»Ich denke, deine Mutter hat einen tollen, neuen Job?«

»Der war nicht so toll, wie sie dachte.«

»Dann haben wir immer noch Monki!« Amanda kniff verschwörerisch die Augen zusammen. »Wir könnten ihn dem Reisebüro schon für fünf Riesen anbieten. Dann hätten sie fünfzig Prozent Rabatt. Ein super Schnäppchen! Und wir hätten immer noch einen schönen Batzen Geld. Was ist? Rufen wir einfach mal an?«

»Hast du deine Telefonkarte dabei?«

»Na endlich!«, strahlte Amanda. »Ich dachte schon, du kapierst es nie!«

Kaum aber steckte die Karte im Automaten, erkannte sie ihren Irrtum. Denn statt der erhofften Nummer des Reisebüros, gab Isy die des Krankenhauses ein.

»Warum rufst du denn ausgerechnet jetzt Herrn Rimpau an?«

»Weil wir es ihm versprochen haben.«

»Der ist doch bestimmt schon zu Hause!«

Amanda hatte Recht. Die Oberschwester teilte ihr mit, dass der Autor schon vor zwei Tagen entlassen worden sei.

»Und nun?« Amanda vergrub die Karte wieder in ihrer Jacke.

Die Frage war gut. Es war noch nicht einmal Mittag, sie hatten Ferien und alle Zeit der Welt.

»Wollten wir nicht noch mal Herrn Tengelmann im Vogelhaus besuchen, bevor er abgezogen wird?«

»Hast du einen Vogel?«, schrie Amanda. »Ich fahr doch in meinen Ferien nicht auch noch in den Zoo!«

Das Vogelhaus war an diesem Vormittag rappelvoll und Herr Tengelmann wie vom Erdboden verschluckt. Eine dünne Mitarbeiterin mit Zottelfrisur wusste nur, dass er für diese Woche nicht auf dem Dienstplan stand.

»Der ist schon wieder im Untergrund!«, seufzte Isy enttäuscht. Es war deutlich zu hören, wie gern sie ihm noch einige Informationen entlockt hätte. Ständig fragte sie sich, wieso ihnen Möhre einen Hinweis auf die Falken gegeben hatte, wenn der Zoo zurzeit gar keine besaß? Oder war das vielleicht ein verschlüsselter Hinweis auf eine andere, kostbare Vogelart? Welche Rolle spielte die geheimnisvolle Unbekannte, wer war ihr Komplize und wer hatte nun wirklich Möhre niedergeschlagen und Amanda und sie in den Ziegenstall gesperrt? Rätsel über Rätsel!

Leider durften sie an deren Lösung nicht beteiligt sein. Das Detektivspiel, so hatte ihnen der Kommissar ungewohnt streng erklärt, würde von nun an allein von den Profis gespielt.

Trotzdem erwischte sich Isy dabei, wie sie nach einer älteren, grau gelockten Dame Ausschau hielt, die auf einer der sonnigen Parkbänke saß und an ihrem Strickzeug werkelte. Dabei wusste sie doch, dass sich ihre alte Zoofreundin eher in jene Rotblonde verwandelt haben könnte, die mit schwarzem Hut und Sonnenbrille auf der Bank am Affenhaus Kreuzworträtsel löste. Oder einfach in die schwarzhaarige Frau im Hosenanzug, die auf der Bank am Raubtierhaus entspannt die Sonnenstrahlen genoss und sofort den Kopf abwandte, als Isy sie prüfend ansah.

»Man müsste sie alle bloß ansprechen!«, schlug sie vor. »Ihre Stimme erkenne ich sofort!« Doch als sie Amandas Blick begegnete, wusste sie, dass das keine gute Idee war. Die Freundin schien entschlossen, F. B.'s warnende Worte ernst zu nehmen. Außerdem musste sie heim. Ihre Mutter hatte mit ihr noch Einkäufe vor. Auch Isy wurde heute noch von Oma Dora zum traditionellen Eierauspusten und -bemalen erwartet, obgleich es Abziehbilder zu kaufen gab, die man bloß aufkleben musste.

Auf dem Rückweg sahen sie von weitem Reginald und Hagen kurz hinter Büschen auftauchen und sofort wieder verschwinden.

»Man übersieht sich!« Isy grinste. Im Grunde aber

war es ihr recht. Man hatte sich eine Zeit lang gegenseitig geholfen; nun war es vorbei. Die Jungen waren wieder die Konkurrenten geworden, die sie von Anfang an gewesen waren. Jetzt ging es nur noch darum, den besseren Zoobeitrag fertig zu stellen, um nicht nur Gummibärchen und Tannhäuser, sondern auch allen anderen die Reise vor der Nase wegzuschnappen.

Als sie am Aquarium vorbeikamen, sahen sie Herrn Knöpfle mit einer Papierrolle unter dem Arm die Steinstufen erklimmen und im Inneren des Gebäudes verschwinden.

»Los, hinterher! Wir haben uns noch nicht entschuldigt!«, fiel Isy ein.

Sie rannten zur Treppe, doch als sie den Vorraum erreichten, war der Zoologe schon hinter der Pförtnerloge verschwunden. Ungeduldig gesellten sie sich zu den anderen Besuchern und harrten darauf, endlich am Pförtner vorbeizukommen. Doch als die Reihe an ihnen war, hielt sie der Angestellte zurück.

»Halt! Hier geblieben!« An seiner Hand baumelte eine wohl bekannte, dunkelblaue Sporttasche. »Ist das vielleicht die Tasche, die ihr die ganze Zeit vermisst habt?«

»Genau die ist es!«, jubelte Amanda und riss den Reißverschluss auf. Strahlend hielt sie ihren pinkfarbenen Gymnastikanzug hoch. »Alles drin! Es gibt noch ehrliche Menschen!«

»Dann bekomme ich bitte eine Unterschrift!«, verlangte der Pförtner zufrieden.

Als Amanda unterschrieben und die Sporttasche an sich genommen hatte, händigte ihr der freundliche Mann noch einen Briefumschlag aus. »Vom ehrlichen Finder!«

Der ehrliche Finder erwies sich als ehrliche Finderin namens Julia Zork, die auf einem cremefarbenen Kärtchen in zierlicher Schrift ihre Adresse und Telefonnummer angab und mitteilte, dass sie in den vergangenen Wochen in Schottland gewesen sei.

»Das ist die Grufti-Frau von der Clique!«, behauptete Amanda. »Die hat auf einem schottischen Friedhof Urlaub gemacht. Und jetzt will sie Monki zurück! Jedenfalls hatte die Mafia nichts mit ihm zu tun! Hab ich doch immer gesagt!« Dann steckte sie die Karte in die wieder gefundene Tasche und begab sich mit Isy auf Herrn Knöpfles Spuren. Sie fanden ihn im Treppenhaus beim Anpinnen eines Papierbogens.

»Was machen Sie denn da?«, fragte Isy und musterte das Porträt auf dem Plakat. »Das ist ja Herr Rimpau!«, rief sie erstaunt.

»Unser Pressemann hat die Grippe!«, erklärte der Zoologe seine ungewohnte Tätigkeit. »Und das ist am Ostersonntag unser Osterei für die größeren Besucher! Der Autor liest und signiert ab Mittag seinen neuen Krimi im Aquarium. Wir haben bis jetzt mit der Werbung gewartet, weil wir nicht wussten, ob er Ostern schon wieder auf den Beinen sein wird. Ihr kennt ihn?«

»Er ist ein Freund von uns!«, sagte Isy stolz. »Aber eigentlich wollten wir uns für neulich bei Ihnen entschuldigen. Meiner Freundin ist nämlich plötzlich schlecht geworden. Die Tierküche war trotzdem ein tolles Erlebnis!«

»Alles klar!« Die blauen Augen blitzten hell in dem gebräunten Gesicht und Isy fand, dass er einem Rettungsschwimmer aus der berühmten Beach-Serie ziemlich ähnlich sah. Er hatte sicher starke Arme und ein blondes Haarnest auf der Brust.

»Und was ist am Sonntag das Osterei für die kleinen Besucher?«, fragte Amanda lauernd.

»Osternestle mit Schokoeiern! Ihr seid herzlichst

eingeladen zum Suchen! Oder fühlt ihr euch dafür schon zu groß?«

»Absolut nicht! Aber ich fahre Ostersonntag nach Nürnberg!«, bedauerte Amanda.

»Und wir fahren zu meiner Oma in den Garten!«, ergänzte Isy.

»Schade! Auch wegen Herrn Rimpau. Sind Sie auch ein Krimifan?«

»Heiliges Blechle!« Der Zoologe schüttelte den Kopf. »Ich sammel lieber Märchen aus aller Welt. Da siegt wenigstens immer das Gute!«

»Sie sprechen mir total aus dem Herzen!«, hauchte Amanda. »Aber Isy jagt am liebsten jeden Tag Verbrecher!«

Herr Knöpfle lächelte. »Ist das ein Wunder? Die Medien machen einen ja ganz verrückt. Aber hier in unserem friedlichen Zoo kann man so richtig relaxen und mal all die Räuberpistolen aus dem Fernsehen vergessen!«

Wie hatte der Zoologe eben in der schwäbischen Geheimsprache gerufen? Heiliges Blechle! Von wegen friedlicher Zoo!, dachte Isy. Wenn der wüsste!

21

In der Nacht zum Ostersonntag schlief Isy schlecht. Sie wälzte sich in den Kissen, träumte kunterbuntes Zeug und konnte sich doch beim Aufstehen an nichts mehr erinnern. Die ganzen schönen Traumbilder zerrannen zu einem Klecks. Auch ihre Hoffnung auf das Eiersuchen im Garten löste sich noch während der Morgendusche in nichts auf. Oma Dora hatte die Grippe.

Das fing ja toll an. Nun musste sie genau wie Amanda zwischen Möbel gezwängt ihre Ostereier suchen.

»Gebt sie uns lieber gleich in die Hand!«, schlug Benedikt den Eltern vor. »Ihr erspart euch das Verstecken und wir uns blaue Flecke!«

»Hört bloß nicht auf den!«, protestierte Isy. Sie wollte Osterüberraschungen keineswegs in die Hand gedrückt bekommen. Schließlich gehörte das Suchen zum Osterfest. Auch unter erschwerten Bedingungen. Zum Glück waren ihre Eltern derselben Meinung. Und nach einer fröhlichen halben Stunde mit allerlei akrobatischen Verrenkungen saß Isy auch schon Krokanteier lutschend am Frühstückstisch und steckte die Nase in ein Buch, das sie dieses Jahr ausnahmsweise einmal nicht hinter dem alten Birnbaum gefunden hatte.

Eigentlich hätte sie den ganzen Tag Krokanteier lutschend und in dem neuen Buch lesen mögen, aber als sich ihr Vater nach dem Frühstück mit einem Osterei auf den Weg zu Oma Dora machte, entschloss Isy sich ebenfalls das Haus zu verlassen. Ihr war Herrn Rimpaus Lesung eingefallen. Warum sollte sie da nicht mal reinschauen? Amanda würde staunen, wenn sie ihr davon berichtete. Und vielleicht fand sie auf dem Weg zum Aquarium sogar noch eines der von Herrn Knöpfle angekündigten »Osternestle« im Gras?

Das aber erwies sich als hoffnungslos, denn kaum im Zoo angekommen, sah Isy, dass er vor Besuchern fast überquoll. Die Berliner spazierten mit Kind und Kegel durch das Gelände und ließen den Nachwuchs nach Kräften sämtliche vom Zoo, den großen Ladenketten oder von ihnen selbst versteckte Ostereier suchen. Im »Aquarium« las Herr Rimpau aus seinem Buch.

Er hatte die Lesebrille auf die Nase geschoben und sah beim Vortragen des Textes immer mal wieder neugierig ins Publikum. Wenn er einmal zufällig zu ihr hinschauen sollte, würde sie ihm einfach vor allen Leuten zuwinken. Es waren bereits große Mengen von *Ein Mord zu viel im Zoo* aufgebaut, die er im Anschluss an die Lesung signieren und mit dem geduldig wartenden Buchhändler an seine Fans verkaufen würde.

Isy fiel auf, dass Herr Rimpau nach seiner Operation schmal geworden war. Auch seine Stimme hatte noch nicht den gewohnten festen Klang. Trotzdem gelang es ihm mühelos, seine meist weiblichen Zuhörer zu fesseln.

Vielleicht, dachte Isy, saß ja auch eine Zuhörerin im Publikum, die vor ein paar Tagen noch ihre grau gelockte Perücke in den Abfallbehälter für gebrauchte Papierhandtücher gestopft hatte, um mit gewendetem Mantel und ohne die gewohnte Brille vor zwei Schülerinnen zu fliehen? Welche mochte es sein? Diese? Jene? Oder diese dort?

Als sich eine der Frauen unter ihrem bohrenden Blick tatsächlich umwandte, bekam Isy fast einen

Schreck. Aber es war nur die Mitarbeiterin mit der Zottelfrisur aus dem Vogelhaus.

In einer kleinen Pause, in der Herr Rimpau einen Schluck Wasser trank, kam sie vertraulich auf Isy zu. »Na, heute ohne Freundin?«, erkundigte sie sich freundlich. »Ihr habt mich doch vor ein paar Tagen nach Herrn Tengelmann befragt? Ich habe zufällig heute Morgen von einem Kollegen erfahren, dass er zurzeit wieder drüben im Tierpark ist. Sie haben dort seit gestern ein Gelege, das ihn wissenschaftlich sehr interessiert. Er soll aber zum Monatsende gekündigt haben. Das hat uns alle überrascht.«

»Was für ein Gelege?«, stieß Isy aufgeregt hervor.

»Es handelt sich um ein Brutpaar seltener Wanderfalken, das in den nächsten Wochen vier Eier ausbrüten wird und …«

Den Rest des Satzes hörte Isy schon nicht mehr. Hals über Kopf rannte sie aus dem Haus. Ihre Gedanken purzelten wild durcheinander. Also doch! Möhres Hinweis auf das Falkengelege war tatsächlich ernst gemeint gewesen. Und die beiden Kriminalisten hatten das sehr wohl kapiert. Von wegen »keine Falken im Zoo«! Ha! Hätte Herr Tengelmann nicht gleich sagen können, dass der Tierpark welche besaß?

Beide Tiergärten gehörten schließlich zur selben Stadt und eine Mauer trennte sie längst nicht mehr. Was lief da, von dem sie wieder einmal nichts wissen sollten?

Auf dem Weg zum Bahnhof dachte Isy an Amanda. Was für ein Pech, dass sie ausgerechnet jetzt in Nürnberg war. Sie brauchte einen Menschen, mit dem sie über all das reden konnte. Und selbst, wenn die Freundin die Augen zum Himmel schlug, wenn sie, Isy, wieder mit ihren kriminellen Verdächtigungen und Schlussfolgerungen begann; sie hörte ihr wenigstens zu.

Sie dachte so intensiv an Amanda, dass Isy sie sogar vor sich sah in ihrer Osterverkleidung, mit kurzen Faltenrock und weißer Bluse. Sah sie etwa eine Fata Morgana? Entsetzt kniff Isy die Augen zu, aber als sie wieder zu gucken wagte, war Amanda immer noch da. Mit Riesenschritten sauste sie Richtung Aquarium.

»Amanda!«, schrie Isy fassungslos. »Bist du es wirklich?«

Das blonde Mädchen in der roten Jacke blieb stehen und drehte sich um. Es war immer noch Amanda.

»Isy? Bist du denn nicht bei der Lesung? Deine Mutter sagte doch eben noch am Telefon zu mir ...«

»Und du? Wieso bist du nicht in Nürnberg?«

»Weil meine Mutter heute früh, gleich hinter Berlin, einem Pfarrer in den Kofferraum geknallt ist. Mitten in die Gebetsbücher!« Amanda konnte sich ein Kichern nicht verkneifen.

»Ist was passiert?«, fragte Isy atemlos.

»Nur Daddys Liebling, dem BMW! Wir sind dann im Schritt-Tempo zurück. Unterwegs haben sich meine Eltern so gefetzt, dass ich einfach ausgestiegen bin und dich angerufen hab!«

»Du kommst im richtigen Moment! Wir müssen in den Tierpark!«

»Oh Mann, was ist denn jetzt schon wieder?«

Sie rannten zum Bahnhof und erwischten den »Friedrichsfelder« im letzten Moment. Unterwegs berichtete Isy ihre News. »Kannst du mir sagen, warum uns keiner verraten hat, dass es im Tierpark Wanderfalken gibt?«, schloss sie empört.

»Sicher wollten sie uns raushalten.«

»Vielleicht spielt Herr Tengelmann aber auch falsch? Er wäre nicht der erste Undercoveragent, der selber Gangster ist!«

»Na und? Was haben wir denn damit zu tun?«,

gähnte Amanda. »Ich habe Hunger! Sind wir bald da?«

Im Zoo des Ostens bot sich das gleiche Bild wie im Zoo des Westteils der Stadt; Eltern promenierten herausgeputzt auf den Hauptwegen und der Rest kroch auf allen vieren durchs Gras. Es war das Fest des Bückens. Amanda, die keine Ahnung von der Weitläufigkeit des Geländes gehabt hatte, erklärte entschlossen, dass sie nur bis zu den Falken gehen würde. Wo aber waren die Falken?

Auch Isy wusste es nicht. Sie musste zugeben schon ein Weilchen nicht mehr hier gewesen zu sein und beschloss einen Mitarbeiter des Tierparks zu fragen. Sie fanden einen stattlichen grauhaarigen Mann, der ihnen geduldig klarzumachen versuchte, dass es auch im Tierpark keine Wanderfalken gab.

»Sie haben erst gestern gelegt!«, behauptete Isy. »Vier Eier!«

»Na, ich kenne doch unseren Bestand!«, widersprach der Mann.

»Glaub es endlich!«, motzte nun auch Amanda. »Es gibt keine!«

»Es muss aber welche geben!«, beharrte Isy störrisch.

»Es gibt auch welche!«, erhielt sie unerwartet Schützenhilfe.

Sie fuhren herum und staunten Herrn Knöpfle an, der eine blauweiß gepunktete Fliege um den Hals und ein großes, rosafarbenes Pappei unter dem Arm trug. »Isy hat Recht. Es gibt ein Wanderfalken-Brutpaar hier. Doch das ist geheim!«

»Geheim?« Isy starrte auf Herrn Knöpfles Hals, als könnte die gepunktete Fliege gleich davonfliegen. »Warum das denn?«

»Diese Falken sind extrem scheu. Wenn man sie mit

Publikum zusammenbrächte, wären sie verstört und würden niemals brüten. Deshalb hält man sie vor Besuchern versteckt.«

»Aha!«, sagte Isy. »Sind Sie privat oder dienstlich hier?«

»Total privat!«, lächelte der Zoologe.

»Und wer kriegt dieses tolle Ei?«, fragte Amanda und zeigte auf das rosa Riesenei in Glanzpapier. »Ihre Freundin?«

»Meine Schwester Marcella!« Herr Knöpfle schob den Ärmel seiner Jacke hoch, um die Uhr besser zu erkennen. »Sie wird schon warten.«

»Aber die Falken!«, warf Isy ein. »Könnten Sie uns die nicht mal ganz fix zeigen? Vielleicht ist ja auch Herr Tengelmann da. Der kennt uns nämlich schon.«

»Sie sind in einem Teil des Parks untergebracht, der für Besucher gesperrt ist.« Herr Knöpfle zögerte sichtlich. »Ich bin zwar Zoologe, aber ich habe hier kein Hausrecht!« Er wechselte einen Blick mit dem Wärter, der bislang schweigend dabeigestanden hatte und jetzt nickte. »Also, gut, ich besorg mir schnell die Erlaubnis euch das Brutpaar zeigen zu dürfen. Aber wirklich nur eine Minute! Ist das klar?«

»Alles klar!« Isy strahlte. »Das vergessen wir Ihnen nie!«

»Dann habe ich aber auch eine Bitte!« Herr Knöpfle drückte Amanda das Pappei in den Arm. »Würdet ihr dieses Präsent mit einem schönen Gruß zu meiner Schwester bringen? Sie wartet am Ausgang. Eine blonde Frau im roten Ferrari! Sie soll ruhig schon heimfahren. Und wir treffen uns in fünf Minuten wieder hier! Bis gleich!« Mit langen Schritten eilte er davon. Auch Isy und Amanda machten sich auf den Weg.

»Warum willst du denn unbedingt noch die Falken sehen?«

»Ich weiß nicht. Es ist so ein Gefühl!«

»Wer weiß, wie weit wir für dein Gefühl noch latschen müssen!«, ärgerte sich Amanda. Dann schüttelte sie neugierig das Ei. »Meinst du, es ist Konfekt drin?«

»Was sonst!«, sagte Isy.

»Müssen ja Mordskalorien sein!«, stellte Amanda fest. Sie sah aus, als würde sie am liebsten hineinbeißen.

Am Ausgang parkte, wie von Herrn Knöpfle beschrieben, ein roter Ferrari am Straßenrand. Am Steuer saß eine schlanke blonde Frau.

Isy fiel das Foto von Herrn Knöpfles Schreibtisch ein. »Das ist sie!«, flüsterte sie. »Erinnerst du dich? Er hat sagt, sie war auch schon öfter in Philadelphia!«

Sie klopften an die Scheibe und als die Frau erstaunt die Wagentür öffnete, legte ihr Amanda das Riesenei in den Schoß. »Schönen Gruß von Ihrem Bruder! Sie sollen ruhig schon fahren. Er kommt nach!«

»Typisch Waldemar!« Die Frau lächelte. »Vielen Dank!«

Sie hätte auch: »Morgen gibt es Niederschlag!« oder »Rote Bete sind gesund!« sagen können. Isy hätte diese Stimme immer wieder erkannt. Eh die Freundin sich versah, hatte Isy sie zur Seite geschubst und der Frau das Pappei entrissen.

»Lauf weg, Amanda! Sie ist es!«

»Was ist?«, fragte Amanda verdutzt. In diesem Moment packte die Frau den Arm um ihren Hals und riss sie hinterrücks in den Wagen. Dann hielt sie Amanda wie eine Stahlklammer fest. Sie war wirklich schön. Einfach unglaublich, wie alt sie sich mit der Perücke und der Brille gemacht hatte!

»Gib mir das Ei, Isy!«

»Lassen Sie zuerst meine Freundin los!« Entschlossen hielt Isy das Pappei umklammert.

»Deine Freundin gegen das Ei!«, sagte Marcella Knöpfle hart.

Nichts erinnerte mehr an die Freundlichkeit der älteren Frau.

Sie hatte alles nur gespielt!

Bevor Isy sich entscheiden konnte, sah sie, wie Amanda in dem Klammergriff den Kopf schüttelte. Ja, auch die Franken hatten ihre Helden! Isys umarmte die Freundin innerlich.

»Amanda, halt durch, ich hole Hilfe!«, stammelte sie.

»Keine Polizei, wenn du sie wieder sehen willst!«, rief die Frau. »Ich melde mich!« Dann brauste sie mit Amanda davon.

22

Eigentlich lief alles genauso ab wie im Film. Wie in einer dieser spannenden Serien, in denen pausenlos jemand entführt wird und die anderen sofort wissen, was zu tun ist. Isy wusste es nicht.

Sie saß zu Hause an ihrem Schreibpult und starrte auf das rote Atlaspünktchen namens Philadelphia. Wie unwichtig das plötzlich geworden war! Angstvoll kreisten ihre Gedanken um Amanda. War es richtig gewesen, sie in den Händen der Entführerin zu lassen? Hätte sie ihr nicht lieber das verflixte Ei hinwerfen sollen? Isys Blick wanderte hinüber zur Liege, wo auf der bunten Flickendecke das rosa glänzende Pappei thronte. Was machte es so wertvoll für Marcella Knöpfle, dass sie dafür einen Menschen kidnappte? Was verbarg es, dass der Märchenleser und Zoologe Waldemar Knöpfle, der so nett zu ihnen gewesen war, seinetwegen zum Dieb wurde? Isy hatte es schon geschüttelt, beschnuppert und daran gelauscht. Fehlanzeige! Es konnte kein Tier darin sein. Ein Falke schon gar nicht!

Beklommen sah sie zur Uhr. Jetzt war sie schon eine Viertelstunde zu Hause und Marcella Knöpfle hatte noch nicht angerufen. Was mochte geschehen, wenn sie die Polizei doch verständigte? Oder wenigstens F. B.? Oder Amandas Eltern? Und was erwartete Amanda von ihr?

Isy spürte, dass sie mit diesen Fragen nicht allein bleiben konnte. Wem aber sollte sie sich anvertrauen? Herr Rimpau fiel ihr ein. Doch der hatte erst vor wenigen Tagen das Krankenhaus verlassen. Für eine Verbrecherjagd war er noch nicht fit genug. Vielleicht sollte sie lieber Reginald und Hagen um Hilfe bitten? Da konnten die wenigstens gleich mal sehen, dass an ihrem Verdacht wirklich etwas dran gewesen war!

»Sie haben Amanda!«, rief Isy ins Telefon und Tannhäuser kapierte sofort. Wenig später stand er mit Gummibärchen vor ihrer Tür.

Noch immer geschockt berichtete Isy den Vorfall. »Sie hat gesagt, keine Polizei!«, schloss sie leise.

Die Jungen nickten zustimmend. Auch sie hatten genug Krimis gesehen. Misstrauisch tasteten ihre Blicke das Pappei ab.

»Sie ruft also an?«, fragte Tannhäuser. »Hat sie die Nummer?«

»Amanda hat sie im Kopf.«

»Und wie heißt dieser Zoologe? Knöpfle, wie Knopf?«, fragte Gummibärchen. »Von dem habt ihr doch gar nichts erzählt!«

»Gab ja bis jetzt auch noch nichts zu erzählen! Er war immer sehr nett. Neulich hat er uns sogar die Futterküche gezeigt!«

»Während seine Schwester als alte Oma verkleidet die günstigen Gelegenheiten ausspioniert hat!«

»*Als* alte Dame!«, korrigierte Isy. »Das ist ein Unterschied.«

»Ich schlage vor, wir öffnen jetzt das Ei!«, entschied Tannhäuser. »Aber vorsichtig, damit sie es nicht merken. Ich vermute mal, Kokain!« Er sah zu Gummibärchen, der zustimmend nickte. Dann machten sie sich behutsam ans Werk.

»Wieso Drogen?«, fragte Isy entsetzt. »Es geht doch um Tiere!«

»Das hast du dir nur eingebildet! Wenn hier ein Tier drin ist, fress ich einen Besen!«

Es sah aus, als würde Reginald Häuser vier Besen verputzen müssen! Denn statt der erwarteten Plastiksäckchen mit dem weißen, pulvrigen Inhalt, deren Anblick ihnen längst aus zahlreichen Krimis vertraut war, lagen plötzlich vier winzige, auf gelblich weißem Grund dicht braun gefleckte Eier in seiner Hand.

»Die Wanderfalken!«, schrie Isy. »Ich hab's gewusst!«

In diesem Augenblick klingelte das Telefon. Sogar Tannhäuser wurde vor Aufregung blass.

»Das wird Omi sein!«, rief ihre Mutter aus der Küche, aber Isy war schneller.

Die Stimme klang sehr kühl. Sie forderte Isy auf mit dem Pappei zum Breitscheidplatz zu kommen und dort in einen grünen Fiat Uno zu steigen. »Keine Polizei!«, wiederholte sie eindringlich. »Ich nehme an, du hast deine Freundin gern?«

»Wie geht es ihr?«, rief Isy, aber Marcella Knöpfle hatte schon aufgelegt.

Tannhäuser nahm ihr behutsam den Hörer aus der Hand. »Bleib ganz cool! Wir kriegen sie frei! Wir müssen jetzt nur ziemlich schlau sein!«

Keine Viertelstunde später verließen die Jungen das Haus. Sie fuhren auf ihren Rädern zum Bahnhof, nahmen die S-Bahn und suchten sich einen günstigen Beobachtungsposten am Breitscheidplatz.

Isy folgte ihnen nach einem Disput mit ihren Eltern. Auch Benedikt war verschollen und sie saßen allein am Mittagstisch.

Klar war das ärgerlich, aber wie sollte sie ihnen erklären, dass es jetzt nicht um Lammkeule, sondern um Amanda ging? Selbst die kleinste Andeutung würde die Freundin gefährden!

Trotzig trug sie das Pappei zum verabredeten Treffpunkt. Die Jungen hatten es so geschickt verschlossen, dass man überhaupt nicht sah, dass es schon einmal geöffnet worden war.

Fast alle Leute lächelten ihr zu, wenn sie das Riesenei in ihrem Arm erblickten, und Isy lächelte zurück. Wie sollten sie ahnen, dass es kein harmloses Osterei, sondern ein trojanisches Pferd mit Diebesgut war, das sie da spazieren trug?

Vergeblich spähte sie nach dem Fiat Uno. Offenbar war sie zu früh. Doch das machte nichts. Hier gab es immer was zu sehen!

Mal sangen und spielten Indios aus Südamerika auf dem berühmten Platz und erwärmten die kühle Berliner Luft mit ihren feurigen Rhythmen, mal verharrte ein von Kopf bis Fuß vergoldeter Pantomime unendliche Minuten in der Pose einer klassischen Statue, bis er unter dem bewundernden Beifall des Straßenpublikums vom Sockel stieg, um spöttisch und graziös die materielle Anerkennung seiner Kunst einzusammeln.

Auf diesem Platz hatte Isy an der Hand ihrer Eltern nach dem Fall der Mauer zum ersten Mal in ihrem Leben einen Bettler gesehen, eine dicke Frau mit zwei rosa gefärbten Pudeln und einen Bus, der vom Boden bis zum Oberdeck mit giftgrünen Erbsen und knackigen Karotten bemalt war. Es hatte ausgesehen, als rollten die Fahrgäste in einer riesigen Konservendose durch die Stadt.

Auch an diesem Ostersonntag wollte der Strom der Spaziergänger um die Gedächtniskirche nicht abreißen. Und zwei von ihnen waren eigens hierher geeilt, um sie zu bewachen. Gerade als Isy nach Tannhäuser und Gummibärchen Ausschau hielt, kam der grüne Fiat angerollt und öffnete die hintere Tür. Einen Augenblick überkam Isy das Bedürfnis davonzulaufen. Bloß weg! Doch dann umklammerte sie tapfer das rosafarbene Ostersymbol und stieg in das fremde Auto. Was sollte aus Amanda werden, wenn sie jetzt kniff?

Im Innern des Wagens empfing sie Wärme, Benzingeruch und Schweigen. Der Mensch am Steuer drehte sich nicht um. Isy konnte durch die hohe Nackenstütze nicht einmal erkennen, ob ein Mann oder eine Frau das Auto fuhr.

Stumm rollten sie durch die Stadt. Isy sah spielende Kinder, Pärchen und Polizisten und alle lachten und winkten ihnen – zu ihrer totalen Bestürzung – fröhlich zu.

Als sie die City verließen, wurde ihr ein schwarzes Tuch zugeworfen und eine flüsternde Stimme befahl ihr es sich fest um die Augen zu binden. »Mogeln wird bestraft!«, zischte die Stimme scharf.

Mit zitternden Fingern verknotete Isy das Tuch an ihrem Hinterkopf. Dabei schob sie es über dem rechten Auge unmerklich ein Stückchen hoch, nur so viel, dass sie gerade noch ein klitzekleines Stückchen ihrer Umwelt erkennen konnte. Ruhig und starr saß sie in ihrer Ecke, als sich der Mensch am Steuer prüfend zu ihr umwandte. Isy zuckte nicht.

Aber sie verstand jetzt, warum ihnen die Leute vorhin so fröhlich zugewinkt hatten. Aus dem winzigen Spalt zwischen Augen- und Nasenwinkel sah sie entsetzt in die Maske eines aus Plastik geformten, grinsenden Hasengesichts!

23

Amanda saß mit gefesselten Händen auf dem einzigen Stuhl der kargen Dachkammer, in der es nur eine verriegelte Tür und ein schmutzverkrustetes Dachfenster gab. Sie hielt den Kopf auf ihre weiße Bluse gesenkt und sah nicht einmal auf, als die Bodentür geöffnet und ihre Freundin hineingeschoben wurde.

Seltsamerweise erinnerte Isy die Szene an ein Theaterstück. Alles war nur ein Spiel! Amanda hatte die Hauptrolle des entführten Mädchens bekommen und sie, Isy, betrat in der Nebenrolle der besten Freundin die dunkle Bodenkammer, um Amanda mit Hilfe des rosafarbenen Zaubereis auszulösen.

Nun musste sie nur noch laut Textbuch den Satz: »Amanda, du bist frei!« ausrufen und sie würden einander in die Arme fallen. Starker Beifall des Publikums!

Aber leider war dies keine Schulaufführung und statt ihr um den Hals zu fallen, blinzelte Amanda nur erschöpft und fragte verwundert: »Du?«

»Ich habe dich gegen das Ei ausgetauscht!«, flüsterte Isy und präsentierte der Freundin stolz ihre ebenfalls gefesselten Handgelenke. »Weißt du, ob hier noch jemand im Hause wohnt?«

»Niemand«, murmelte Amanda. »Alles Abriss! Sie hat gesagt, wenn ich um Hilfe rufe, hören mich sowieso bloß die Tauben.«

»Diese Zimtzicke! Aber hab keine Angst, bald sind wir frei!«

»Woher willst du das wissen?«

»Hagen und Reginald haben sich mit ihren Rädern an den grünen Uno gehängt, der mich hergebracht hat! Den letzten Rest der Strecke musste ich mir sogar die Augen verbinden, aber ich hab trotzdem geschmult! Er hat eine Hasenmaske aufgesetzt und geflüstert. Vermutlich sollte ich ihn für den Tengelmann halten! Aber das war ein Trick! Es war natürlich Herr Knöpfle! «

»Ich hab überhaupt nichts gesehen. Sie hat mich betäubt!«

»Aber du hast dich einfach heldenhaft verhalten! Ehrlich!«

»Du dafür umso idiotischer! Wieso hast du mich denn nicht sofort gegen das Pappei eingetauscht?«

»Na, hör mal! Du hast doch extra den Kopf geschüttelt!«

»Weil ich in diesem komischen Klammergriff nicht nicken konnte! Die Alte kann irgendeinen asiatischen Kampfsport!«

Was? Dann war Amanda gar keine Heldin? Verblüfft ließ sich Isy auf einer alten Kiste nieder. Wie hätte sie denn ahnen sollen, dass die Freundin genau das Gegenteil meinte?

»Warum musstest du unbedingt damit herausplatzen, dass du sie wieder erkennst?«, teilte Amanda weiter Vorwürfe aus. »Hättest du ihr außerdem dieses blöde Ei nicht weggenommen ...«

»Weißt du, was in diesem blöden Ei drin ist?«

»Konfekt!«

Oh Mann! Herr Knöpfle würden jetzt vermutlich wieder »Heiliges Blechle!« ausrufen! Isy hätte sich gern an die Stirn getippt, aber das ging ja mit den gefesselten Händen nicht. »Meinst du, die hat dich gekidnappt, weil sie ihre Pralinen wiederhaben wollte? Die halten uns hier gefangen, weil in dem Ei was ganz, ganz Wertvolles steckt!«

»Rauschgift!« vermutete Amanda mit glänzenden Augen. Selbst ihr war dieses Wort vertraut.

»Das hat Tannhäuser auch vermutet. Aber sie waren viel schlauer und haben das frische Gelege der Falken darin versteckt! Vier ganz kleine Eier! Und du hast den Dieben noch die Beute aus dem Tierpark getragen!«

»Ich?« Amanda schnappte vor Überraschung nach Luft.

Isy wusste, was jetzt kam. »Sag es nicht!«, bat sie reumütig.

»Doch!«, schimpfte Amanda. »Ich sage es gerade! Das wäre alles nicht passiert, wenn wir damals das Schloss Charlottenburg genommen hätten! Dann wären wir nämlich jetzt …«

»… vielleicht in einen Kunstraub verstrickt!«, ergänzte Isy. Amanda musste doch wissen, dass ihnen immer so verrückte Geschichten passierten!

»Aber was wollen sie denn überhaupt mit den Eiern? Das sind doch noch gar keine Vögel!«

»Sie lassen sie ausbrüten. Dann haben sie vier Wanderfalken auf einen Schlag. Vergiss nicht, er ist Zoologe!«

Amanda schüttelte verständnislos den Kopf. »Nie hätte ich einem, der Märchen liest, solche Gemeinheiten zugetraut!«

»Ich wundere mich, dass du dem überhaupt noch was glaubst! Der liest doch höchstens Börsenkurse!«, knurrte Isy. »Und dabei sieht er so verschärft aus!«

Dann erhob sie sich, um den schummrigen Dachboden nach einem scharfkantigen Gegenstand abzusuchen. Eine Weile versuchte sie den Handstrick an der verrosteten Halterung der Schornsteinfegerleiter aufzureiben, aber schließlich entdeckte sie in einem entlegenen Winkel ein altes, abgestelltes Dachfenster. Das konnte klappen, wenn sie es geschickt anfing.

»Krieg jetzt keinen Schreck!«, warnte sie die Freundin und trat mit voller Wucht gegen das Glas. Es krachte und splitterte und Isy war froh, dass sie heute Morgen Hosen und nicht so einen kurzen Rock wie Amanda angezogen hatte. Dann scheuerte sie ihre Fesseln vorsichtig an dem gezackten Glasrahmen durch und kehrte triumphierend mit einer großen Scherbe zurück.

»Gib Pfötchen, Amanda!«, bat sie, als sie plötzlich Schritte hörten. Isy hatte kaum Zeit sich auf ihre Kiste zu retten und die Hände mit der Glasscherbe hinter dem Rücken zu verbergen, als die Bodentür aufflog und ihre vermeintlichen Retter wie zwei verschnürte Pakete auf dem Fußboden landeten. Dann wurden die zwei Riegel wieder krachend vor die Tür geschoben und die Schritte entfernten sich. Mühsam versuchten die Jungen aufzustehen. Ihnen waren auch die Füße zusammengebunden worden.

»Ich denke, ihr wollt uns befreien?«, staunte Amanda.

»Wir waren ja auch dicht dran!«, versicherte Tannhäuser. »Aber dieser blöde Idiot hier«, sein Kopf neigte sich Richtung Gummibärchen, »musste sich ja erwischen lassen!«

»Selber Idiot!«, polterte der. »Schuld sind bei dir immer die anderen! Mir reicht's langsam mit deinen Fehlentscheidungen!«

»Nenn mal eine!«

»Ich sage bloß ›Ziegenstall‹!«

»Halt's Maul!«, zischte Tannhäuser drohend.

Ziegenstall? Isy stutzte. Was wollte Gummibärchen denn damit andeuten? Und warum wollte Tannhäuser, dass er schwieg?

»Erinnerst du dich, Amanda«, fragte sie, einer plötzlichen Eingebung folgend, »wie uns dieser F. B. einfach nicht glauben wollte, dass uns die Mafia überfallen und in den Ziegenstall gesperrt hat? Wie er behauptete, es müsse dafür eine andere Erklärung geben? Ich glaube, da liegt sie!« Empört zeigte sie auf ihre gefesselten Mitschüler.

»Es war seine Idee!«, wehrte sich Gummibärchen. »Als wir euch an dem Abend im Zoo sahen, sagte er: ›Die schnappen wir uns und lassen sie eine halbe Stunde im Ziegenstall zittern, bevor wir sie wieder befreien!‹«

»Wir hatten Rache geschworen, weil ihr uns mit dem Zaun verpetzt habt!«, verteidigte sich Tannhäuser.

Das war allerdings ein Argument. Wenn auch ein schwaches.

»Es kommt eben doch alles raus!«, frohlockte Amanda. »Bloß wir nicht!«, fügte sie niedergeschlagen hinzu.

»Ich wüsste schon einen Weg. Allerdings nicht durch die Tür!« Gummibärchen musterte Amanda in ihrer schicken Kluft. »Bist ja so aufgebrezelt, Bratwurst?«

»Ist ja auch Ostern! Und wenn meine Mutter besser Auto fahren könnte, dann säße ich jetzt in Nürnberg und nicht in diesem Loch! Wo sind wir überhaupt?«

»Prenzlauer Berg!«, nuschelte Tannhäuser. »Gar nicht weit weg. Der Uno ist mit Isolde zur Täuschung mehrmals im Kreis herumgefahren. Hast du ihm das Ei gegeben, Isy?«

»Musste ich ja wohl.«

»Dann sind sie jetzt bestimmt schon auf dem Weg zu ihrem Ölscheich mit der Beute! Und wir können noch nicht einmal die Polizei verständigen!« Er zerrte wütend an seinen Fesseln. »Ob es hier irgendwo was Scharfkantiges gibt?«

»Simsalabim!« Isy hielt das Stück Fensterglas in die Höhe.

»Schon geschehen! Verdient habt ihr es allerdings nicht!«

»Genau!«, bekräftigte Amanda. »Für diese miese Geschichte im Zoo müssten wir euch eigentlich gefesselt lassen!«

»Leider brauchen wir sie noch!«, gab Isy zu bedenken. Dann trennte sie geduldig alle Stricke durch. Als Amanda ihre Hände endlich frei hatte, stürzte sie zu ihrem Rucksack und zerrte ein Stullenpaket heraus.

»Unser Reiseproviant!«, erklärte sie und stopfte sich ein Brötchen in den Mund. »Will einer was abhaben?«

Als Tannhäuser nickte, warf sie ihm ein rot gefärbtes Ei zu.

»Hier! Ich hoffe, es hat kein Gesicht!«

»Nur das Huhn. Darum esse ich kein Fleisch.«

»Hast du das von Richard Wagner?«

»Nee, Paul McCartney.«

»Gib zu, du hast bloß Angst vor Rinderwahnsinn!«, schnaufte Gummibärchen, der inzwischen mit Isys Unterstützung die Dachluke aufzustoßen versuchte. Doch erst als sein Gesicht rot anlief, gab das Fenster nach. »Wer sagt denn, dass du von deinem vielen Gemüse nicht irgendwann den Kartoffelwahnsinn kriegst?« Zufrieden betrachtete er sein Werk. »Ausstieg bereit! Ich hoffe, du passt durch, Dicke!«

Dann ging alles sehr schnell. Eh sich die strampelnde Amanda versah, wurde sie von Isy samt Rucksack auf das Dach geschoben, wo Gummibärchen sie mit starken Armen empfing.

»Habt ihr ein Rad ab?«, schrie Amanda. »Ich bin nicht schwindelfrei!«

»Dann guck einfach nicht runter!«, empfahl Gummibärchen, während Isy die Freundin zu beschwichtigen versuchte. »Wir haben keine andere Wahl, Amanda! Entweder wir hauen übers Dach ab oder wir verbringen das Osterfest in dieser Kammer. Willst du hier ewig hocken?!«

Als Letzter kletterte Tannhäuser heraus. Dann standen sie alle auf dem Dach und spürten den feuchten Wind im Gesicht. Über ihnen war der dunstige Himmel, unter ihnen ein leerer Hof, über den träge eine gefleckte Katze schlich.

Doch so einfach, wie Gummibärchen sich das vorgestellt hatte, würden sie von diesem Dach nicht herunterkommen. Eine Feuerleiter war nicht zu sehen. Es würde gescheiter sein, auf das nächste, tiefer liegende Dach zu wechseln.

Vorsichtig überquerten sie die trennenden Meter bis zum Rand. Tannhäuser wagte den Sprung als Erster. Dann half er Isy auf das Flachdach des Nachbarhauses und gemeinsam hievten sie die kreidebleiche Amanda herab. Anschließend folgte Gummibärchen, der Amandas Rucksack trug.

»Wir müssen auf den Sims!«, schlug er vor. »Zum ersten Balkon!«

Es war schon erstaunlich, wie geschickt sich der massige Kerl in dieser Höhe bewegte. Tannhäuser dagegen schien sich zusammenreißen zu müssen und auch Isy spürte ihr Herz klopfen. Doch was war das alles gegen den Augenblick, in dem sie vor einer andächtig lauschenden Klasse von diesem Wahnsinnsabenteuer berichten würde? Wer von diesen Weichwaffeln hatte schon jemals Ostern auf einem Dach verbracht? Auch Trischi würde ihnen auf die Schulter klopfen!

»Über den Sims geh ich aber nicht!«, verkündete Amanda, die sich an den Schornstein klammerte. »Von mir aus ruft die Feuerwehr!«

»Rufen können wir sie ja. Aber ob sie uns hört?« Gummibärchen umfasste Amanda unerwartet sanft und zog sie ein paar Schritte vorwärts. »Siehst du den Balkon dort unten rechts? Dort müssen wir hin! Du guckst einfach nicht nach unten und gehst langsam hinter mir über den Sims! Ist ja nicht die Eiger Nordwand!«

»Aber ich kann mich nirgends fest halten!«

»Doch, an der Dachrinne. Musst ja nicht dran rütteln!«

»Ich schaff's nicht!«, murmelte Amanda, die in Isys Erinnerung selbst im Turnunterricht wie ein ängstliches Huhn über den Schwebebalken flatterte.

»Nur fünf, sechs Meter! Dann bist du in Sicherheit!«

»Ich schaff's nicht, ich schaff's nicht!«, wiederholte Amanda störrisch, aber schließlich kletterte sie unbeholfen auf den schmalen Mauervorsprung. Vor Aufregung an den Nägel knabbernd, beobachtete Isy, wie sie Gummibärchen im Zeitlupentempo wie ein bleicher Schatten folgte, bis er sie endlich über die Brüstung des Balkons bugsierte. Dann betrat auch sie den Sims. Amanda musste wirklich eine Megaangst ausgestanden haben! Immerhin waren sie hier noch drei Stockwerke hoch. Ein Glück, dass ihre Eltern sie jetzt nicht sahen! Erleichtert und mit Puddingknien erreichte sie den Balkon und half auch Tannhäuser wieder auf festen Boden. Dann tätschelte sie Amanda die blasse Wange. »Warst super!«

Gummibärchen hatte sich inzwischen an der Balkontür zu schaffen gemacht und den altersschwachen Fensterhaken mit seinem gezückten Hausschlüssel aus der Metallöse gehoben. Nun stieß er die Tür zum fremden Wohnzimmer auf und wünschte den Bewohnern laut und vernehmlich: »Frohe Ostern! Kann man mal bei Ihnen telefonieren?«

24

Leider erhielt Gummibärchen keine Antwort. Die Wohnung war leer. Ihre Inhaber feierten das Fest bei Verwandten oder Freunden. Vielleicht waren sie auch verreist oder nur mit dem Hund spazieren gegangen.

Dieser Überraschung folgte eine weitere; es gab kein Telefon!

»Handy ist trendy!«, philosophierte Tannhäuser.

Einen Augenblick standen sie ratlos vor der Dielenkommode mit dem frischen Birkengrün, an dessen Zweigen farbige Eier mit kunstvollen Mustern hingen. Isy hatte nie schönere gesehen. Aber konnte es das Schicksal wirklich wollen, dass sie das Fest mit fremden Ostereiern verbringen mussten?

»Wir müssen Hilfe von außen holen!«, nuschelte Tannhäuser.

Er schlug vor aus dem zur Straße liegenden Küchenfenster die wenigen Passanten, die um diese Zeit nicht am österlichen Kaffeetisch saßen, mit Winken und Rufen wie »Hallo! Wir sind in Not! Rufen Sie bitte die Polizei!« oder »Hilfe! Wir sind eingesperrt! Verständigen Sie bitte einen Schlüsseldienst!« auf sich aufmerksam zu machen. Doch das war ein Fehlschlag. Niemand nahm sie ernst. Die Leute winkten entweder lachend zurück oder sie fühlten sich auf den Arm genommen.

»Diese Jugend sollte sich was schämen!«, rief ein älterer Herr, der mit seinem Enkel spazieren ging. »Nicht einmal die Feiertage sind ihr heilig! Man müsste die Polizei holen!«

»Ach, bitte, bitte, tun Sie das!«, flehte Amanda, aber der Mann verschwand zornig in seinem Haus.

»Hat keinen Sinn!«, stellte Isy fest. Enttäuscht sank sie auf das straffe Polster eines Biedermeiersofas. Sie saßen erneut in der Falle. Hatte ihnen eben noch eine Bodentür mit zwei dicken Riegeln den Ausgang verwehrt, so war es dieses Mal eine moderne Sicherheitstür.

Die Geschwister Knöpfle aber saßen derweil vielleicht schon mit dem Pappei auf dem Schoß in der Abfertigungshalle irgendeines Berliner Flughafens und warteten auf ihren Wüstenflieger. Und keiner konnte sie stoppen!

Wenn es ihnen schon nicht gelang, die Polizei zu alarmieren, so musste es doch wenigstens eine Möglichkeit geben aus dieser Falle wieder herauszukommen, dachte Isy. Sie konnten doch nicht bis morgen früh in einer wildfremden, eigentümlich nach getrockneten Früchten und Blättern duftenden Wohnung hocken! Und wo steckte eigentlich Amanda?

Aus der Küche drang das muntere Tschilpen eines Sittichs und im Bad rauschte die Spülung. Dann steckte Tannhäuser den Kopf ins Zimmer. »Im kleinen Zimmer steht ein Fax!«

»Kann man damit der Polizei faxen?«

»Keine Ahnung! «

»Aber Amandas Vater hat ein Fax!« Aufgeregt bummerte Isy an die Badezimmertür. »Hast du eure Faxnummer im Kopf, Amanda?«

»Klar! Aber das Ding ist nicht an. Schließlich wollten wir heute früh verreisen!«, antwortete die Freundin, die gerade erfreut feststellte, dass sie auf der fremden Waage ein Kilo weniger wog. »Aber wir könnten Ruky anfaxen!«

Ruky? Wie kam denn Amanda an Rukys Faxnummer? Das war ja mal interessant! Dann hatte die Freundin also noch Kontakt zu dem Halbkubaner aus Altgrünheide? Und warum hatte sie ihr kein Sterbenswörtchen davon erzählt? Betroffen sah sie Amanda in der Diele die Faxnummer für Tannhäuser aufschreiben. Amanda hatte also Geheimnisse vor ihr!

»Also, was faxen wir?«, fragte die eifrig.

»Fax ihm, dass du Sehnsucht nach ihm hast!«

»Spinnst du?«

»Okay, dann schreib ihm, er soll einen Seat klauen und uns hier rausholen! Dafür ist er ja Spezialist!«

»Er klaut keine Seats mehr!«, sagte Amanda stolz.

»Ach, nee? Was klaut er denn jetzt? BMWs?«

»Warum bist du denn so giftig? Sag lieber die Adresse!«

»Bin ich Hellseherin?«

»Aber er muss doch wissen, wo er uns abholen soll!«

Ärgerlich sprang Isy auf und lief ins Wohnzimmer zurück. Warum war sie nicht selbst darauf gekommen? Vielleicht befand sich auf dem Schreibtisch am Fenster Post? Hastig durchsuchte sie Zeitschriften und Papiere, bis sie endlich einen geöffneten Briefumschlag mit Namen und Anschrift der Mieter fand. Nun hatten sie alles, was sie brauchten.

»Fax ihm, dass wir in der Blumenstraße 36 bei Krause sind. Er soll nicht vergessen seinen Freund Dietrich mitzubringen!«

»Wen?«, fragte Amanda verblüfft.

»Na, seinen Dietrich! Wie soll er sonst die Tür aufkriegen?« Isy musterte Amanda wie einen seltenen Käfer. »Warum bist du bloß immer so schwer von Begriff? Ist ja ätzend!«

»Puh!« Überrascht stieß Amanda die Luft aus. »Was hast du denn nur? Bloß, weil ich mal mit Ruky telefoniert habe?«

»Hättest es mir doch sagen können, oder? Ich hätte es dir jedenfalls erzählt! Aber ich bin ja immer so doof!«

»Es war nichts Besonderes! Ehrlich! Bloß Blabla!«

»Dann hättest du es ja erst recht erzählen können!«

»Hab ich vergessen!«

Stumm und mit geschürzter Unterlippe kehrte Amanda Isy den Rücken, schob das Blatt in das eingeschaltete Gerät und wartete, bis das ersehnte O. K. erschien. Nun konnten sie nur hoffen, dass Ruky zu Hause war und sofort ein Auto fand.

Während sich Gummibärchen und Tannhäuser gelangweilt durch das Fernsehprogramm zappten und Amanda im neuesten Klatsch blätterte, zog sich Isy schmökernd in ihre Sofaecke zurück. Diese Geheimnistuerei würde ihr Amanda jedenfalls noch büßen! Jetzt aber hatte sie erst mal ein Buch über Spionagetätigkeit in dem fremden Bücherregal entdeckt und las staunend von schießenden Regenschirmen, fotografierenden Gürtelschnallen und morsenden Keksdosen. Aber so richtig konzentrieren konnte sie sich nicht. Auch Amanda schien es so zu gehen.

»Ob sie schon in der Wüste gelandet sind?«, unterbrach sie die Stille.

»So fix nicht! Immerhin haben wir ihren Zeitplan durcheinander gebracht. Mit uns haben sie nicht gerechnet!«, antwortete Isy, obwohl sie eigentlich nicht mit Amanda reden wollte.

»Und wir drehen hier Däumchen und müssen sie sausen lassen!«, stöhnte Gummibärchen. »Was haltet ihr davon, wenn ich mal raus gehe und ›Feuer‹ schreie? Wetten, dass sich was rührt?«

»Mach keinen Mist!«, warnte Tannhäuser. »So was nennt sich grober Unfug und kostet etliche Euros!«

Aber Gummibärchen war schon auf dem Balkon

verschwunden. Doch zu Isys Überraschung tauchte er im nächsten Augenblick wieder auf.

»Wie sieht denn der Knöpfle ohne Maske aus?«, fragte er misstrauisch. »Blond?«

Isy nickte. »Wieso?«

»Na, dann guckt er gerade gemütlich aus der Dachluke raus!«

»Was?!« Ungläubig versuchte Isy, an Gummibärchen vorbei auf den Balkon zu gelangen. »Das will ich sehen!«

Doch der versperrte ihr mit seinem breiten Kreuz den Weg.

»Willst du, dass der uns findet? Der checkt bestimmt nicht umsonst die Gegend ab!«

Au, verdammt! Wo kam denn der Knöpfle auf einmal her? Verstört zog sich Isy ins Zimmer zurück, wo sich Amanda gerade jammernd auf ihren Rucksack stürzte. »Wieso sitzt der nicht im Flieger?«, rief sie. »Ich denke, der will mit den Eiern zum Scheich? Warum kommt er dann zurück?«

»Vielleicht überlässt er seiner Schwester das Geschäftliche!«, murmelte Isy, während Amanda eine sorgfältig eingewickelte Salami aus ihrem Rucksack zerrte. Ihr schien wirklich in keiner Situation der Appetit zu vergehen!

Aber die Freundin hatte Recht! Warum war er zurückgekommen? Um sie zu befreien? Ausgerechnet seine Zeugen? Oder schlug ihm das schlechte Gewissen?

»Weil ihr gerade vom Fliegen redet!« Tannhäuser, der die Klassik CDs der Familie Krause inspizierte, hielt eine silberne Scheibe hoch. »Hier ist die Ouvertüre zum ›Fliegenden Holländer‹! Einfach megastark! Soll ich auflegen?«

»Bist du n…noch zu retten?«, stotterte Amanda. »Wir zittern um unser Leben und du hörst Opern!«

»Und du erzählst welche! Hier findet uns kein Mensch!«

In diesem Moment erblickte Isy den Schatten des Mannes auf dem Balkon und noch bevor sie einen Warnlaut ausstoßen konnte, hatte er die Tür zum Wohnraum aufgerissen. Was dann geschah, nahm sie wie in Zeitlupe wahr.

Sie sah, wie Gummibärchen, der gerade nach der Fernbedienung griff, wie im Märchen vom »Dornröschen« mitten in der Bewegung innehielt und vor Schreck erstarrte, während Tannhäuser den »Fliegenden Holländer« fallen ließ und sich hinter das antike Sofa warf. Isy selbst merkte erst, als neben ihr polternd eine Schale zu Boden fiel, dass sie sich hinter dem Bücherregal versteckt hatte. Ein starker Duft von getrockneten Blättern und Früchten stieg vom Teppichboden auf, über den sich das herbstliche Blütenpotpourri verstreut hatte.

Amanda aber, die zunächst völlig reglos im Rücken des Eindringlings verharrt hatte, stieß plötzlich einen Kampfruf unbekannter Sprache aus und zog dem Mann mit aller Kraft die Salami über den Kopf. Wie ein gefällter Baum ging er zu Boden.

»Super!«, schrie Isy. »Das war umwerfend, Amanda!«

Im Nu kam auch wieder Leben in die Herren der Schöpfung.

»Das nenn ich Qualität!«, staunte Gummibärchen, doch als er die Salami anerkennend befühlen wollte, erkannte er gerade noch rechtzeitig Amandas halb ausgewickelte, biologisch abbaubare Geheimwaffe mit den pieksigen Kaktusstacheln, die auch in Altgrünheide erfolgreich zum Einsatz gekommen war.

»Ihr wisst doch, dass ich nie ohne Äschylus reise!«, hauchte seine Besitzerin. »Zum Glück fiel mir vorhin ein, dass er noch in meinem Rucksack steckt!« Verächtlich berührte sie die am Boden liegende Person mit der Schuhspitze. »Der Kerl wird eine gute Pinzette brauchen!«

Dann drehten sie den Bewusstlosen fachmännisch auf die Seite, um anschließend Amanda Bornstein aufzufangen. Das war zu viel für sie! Schließlich geschah es nicht alle Tage, dass sie einen berühmten Kriminalisten k. o. schlug!

Es war wirklich Fred Baltruschat, der da mit blassen Zügen auf dem fremden Teppich lag. Entgeistert beugte sich Isy über den Leblosen. Wo kam der denn auf einmal her?

»Das ist der berühmte F. B.!«, klärte sie ihre Mitschüler auf. »Holt mal Wasser!«

»Du hast doch gesagt, es ist der Knöpfle!«, stammelte Gummibärchen, während Tannhäuser, grau vor Schreck, den Teekessel aus der Küche brachte.

»Weil du gefragt hast, ob der Knöpfle blond ist! Was kann ich dafür, dass es so viele blonde Männer gibt?« Isy begoss die bleiche Stirn des Mafia-Spezialisten mit dem kühlen Wasser. In diesem Augenblick hörten sie einen Schlüssel in der fremden Wohnungstür schließen. Auch das noch! Die Mieter kehrten heim!

»Was ist los?«, fragte Fred Baltruschat erstaunt und setzte sich mit einem Ruck auf. Der Mann war sofort wieder im Dienst. Seine hellen Augen versuchten die Situation zu erfassen. »Ihr habt mich umgelegt, wie?« Er grinste. »Ganz hübscher Schlag!«

Dann zog er seine Hand, mit der er gerade den Hinterkopf abzutasten versuchte, mit einem Schmerzlaut wieder zurück.

»Entschuldigen Sie, aber das sind die Stacheln von Amandas Kaktus!«, erklärte Isy verlegen. »Wir haben Sie nämlich verwechselt! Das ging alles so schnell!«

»Ist das nicht meinem Freund Rimpau auch schon mal mit euch passiert?«, brummte der Kommissar. »Der hat mir doch so etwas erzählt.« Dann zerrte er sein Handy aus der Brusttasche. »Ich muss erst mal meine Dienststelle verständigen, dass ihr in Sicherheit seid! Sie sollen sich jetzt um den Knöpfle kümmern!«

»Ach, das wissen Sie?«, staunte Isy. »Dann sagen Sie mal gleich dazu, dass sich die Geschwister Knöpfle entweder noch auf dem Flughafen oder schon in der Luft befinden! Die Beute ist in einem großen rosa Pappei versteckt!«

»Die Geschwister? Willst du damit sagen, dass ...?« Verdutzt ließ der berühmte F. B. das Handy sinken.

»Genau! Er arbeitet mit seiner Schwester Marcella zusammen! Es ist die ›alte‹ Dame aus dem Zoo. Isy hat sie wieder erkannt, bevor sie mich gekidnappt hat!«, murmelte Amanda, die in diesem Augenblick die Augen aufschlug.

»Wow!«, sagte der Kommissar. »Habt ihr noch mehr so tolle Überraschungen für mich?«

»Jede Menge! Das ist zum Beispiel Ruky König!« Isy deutete auf einen Jungen mit dunklen Augen und einem schwarzen Zopf, der dank seines Zauberdietrichs plötzlich wie aus dem Boden gewachsen mitten im Zimmer stand.

»Wir haben Ihnen schon mal von ihm erzählt. Es ist der Typ, der sein Gemüse mit Musik großzieht. Außerdem ist er auch ein Freund von Herrn Rimpau!«

»Und was für eine Musik spielt er in diesem Stück?«, erkundigte sich F. B., während er endlich die Nummer in das Handy eingab.

»Ich hab das Taxi besorgt!« Ruky König lächelte breit. »Es ist leider nur die A-Klasse von Benz, aber es war in der kurzen Zeit kein bequemerer Schlitten zu knacken! Jedenfalls hab ich gleich mal den Elchtest gemacht.«

»Ich glaube, ich halluziniere!«, stöhnte der Kommissar. »Soll vorkommen, wenn man mit einem Kaktus kollidiert!« Er machte zwei Schritte auf den Jungen zu. »Jedenfalls habe ich dich nie gesehen, Ruky! Verschwinde! Aber ohne die A-Klasse! Die bleibt stehen, wo sie jetzt steht!«

»Was ist denn mit dem los?«, erkundigte sich Ruky König und wich verblüfft zurück. »Will er nicht mitfahren, der Opa?«

»Das ist Kommissar Baltruschat!«, seufzte Isy. »Wir wissen auch nicht, wo der plötzlich herkommt!«

»Was? Ein Bulle?« Mit einem Satz sprang Ruky in den Flur.

»Ihr seid wirklich zwei ›Katastrophenweiber‹! Wenn ihr das nächste Mal Hilfe braucht, faxt gefälligst einen anderen an!«

»Aber er ist sehr nett!«, rief Amanda. »Richtig menschlich. Bleib doch hier!«

Zu spät. Krachend flog die Wohnungstür ins Schloss.

»Ruky ist kein schlechter Kerl!«, seufzte Isy. »Er hat uns bloß helfen wollen! Es wäre toll, wenn sie ihm keine Schwierigkeiten machen würden!«

Dann lauschten sie den konzentrierten Anweisungen, die der Kommissar seinen Leuten telefonisch gab.

»Die Kids hier meinen, die Eier sind in einem großen rosa Pappei versteckt!« F. B. hielt einen Augenblick inne und wandte sich fragend um. »Stimmt doch?«

Isy tauschte einen verschwörerischen Blick mit Tannhäuser und Gummibärchen.

»Korrekt!«, bestätigte sie spitzbübisch. »Aber wer weiß denn, ob der Scheich auch Krokanteier mag?«

25

Es war ein Abend, wie Signore Georgio ihn liebte. Alle Tische seines Cafés waren besetzt und überall wurde heiter gegessen, getrunken und geschwatzt.

Am Fenster, in der Nähe des Tresens, wo er gern seine Lieblingsgäste platzierte, saßen seine kleine Freundin Amanda mit ihrer hübschen, dunkel gelockten Freundin und einem Commissario, den er hier noch nicht begrüßt hatte. Vor lauter Erzählen waren sie noch gar nicht zum Bestellen gekommen.

Vielleicht hing das mit der Zeitung auf ihrem Tisch zusammen, in der ein Foto der Signoritas Amanda und Isolde mit zwei ihrer Mitschüler abgebildet war. Auch Signore Georgio hatte es heute früh schwarz auf weiß zu seinem Espresso gelesen; den vieren war es gelungen, dem Geschwisterpaar Knöpfle, das schon länger in deutschen Zoos sein Unwesen trieb, mutig das Handwerk zu legen und dem Tierpark ein kostbares Wanderfalken-Gelege zu erhalten, indem sie die Vogeleier in Isys Bett versteckten und das Gaunerpaar mit Schokoladeneiern austricksten. Ihrer Information war es auch zu verdanken gewesen, dass die Tierschmuggler noch rechtzeitig vor ihrem Start nach Oman auf dem Flughafen Tegel verhaften werden konnten. Einfach eccellente, was er für Gäste hatte!

»Seit wann hatten Sie denn den Knöpfle in Verdacht?«, erkundigte sich Isy gerade und der berühmte F. B. gab zu, schon des Längeren einen anonymen Hinweis erhalten zu haben. Aber dem Zoologen konnte nichts nachgewiesen werden.

»Schließlich ahnten wir damals noch nicht, was wir dank eurer Mitarbeit heute wissen, dass er nämlich mit seiner Schwester Marcella zusammenarbeitete!«

»Darum setzten Sie Herrn Tengelmann auf ihn an, der natürlich nicht Tengelmann heißt!«, grinste Isy.

»Natürlich nicht.«

»Was hat denn nun Möhre mit der ganzen Sache zu tun?« warf Amanda ungeduldig ein.

»Patrick Talke, oder Möhre, wie ihr ihn nennt, arbeitete vor zwei Jahren im Rostocker Zoo, aus dem eines Tages ein brutfähiges Gerfalkenpaar spurlos verschwand. Damals war auch Waldemar Knöpfle dort tätig, um dem Zoo eine Strandvogelvoliere nach Berliner Muster einzurichten. Möhre fiel zwar auf, dass der Knöpfle einen ziemlich teuren Wagen, nämlich einen Ferrari fuhr. Auch munkelten die Kollegen, dass man ihn abends regelmäßig in exklusiven Bars und Spielkasinos antreffen könne. Doch es war bekannt, dass der Zoologe aus einem wohlhabenden Elternhaus in Stuttgart stammte.«

»Ich glaube, wir müssen langsam bestellen!«, erinnerte Amanda an ihren hungrigen Magen. Seit sie Monki nach dem Frühstück aus dem Reisebüro geholt und zu der dankbaren Grufti-Frau gebracht hatten, war an Essen nicht mehr zu denken gewesen.

»Ich nehme Saltimbocca, Schnitzelchen mit Schinken und Salbei! Und hinterher ...«

»Willst du nicht wissen, wer Möhre umgehauen hat?«, fragte Isy.

»Natürlich! Aber muss ich deswegen verhungern?«

Der Kommissar hatte sich an das Geplänkel der Mädchen gewöhnt. Schmunzelnd fuhr er fort. »Den Verdacht von Möhre erregte der Knöpfle endgültig, als er durch Zufall erfuhr, dass der Zoologe gleich nach der Wende eine Assistentenstelle im Leipziger Zoo angetreten hatte, wo ebenfalls um diese Zeit wertvolle Vögel gestohlen wurden.

Als euer Freund Möhre vor einem Jahr im Berliner Zoo nun erneut auf Waldemar Knöpfle traf, schwor er sich, ein Auge auf den Mann zu haben. Da dieser jedoch keinerlei Anhaltspunkte bot, entschloss sich Patrick Talke das anstrengende Detektivspiel aufzugeben. Allerdings nicht, ohne vorher der Polizei noch einen anonymen, telefonischen Hinweis zu geben.«

»Aber der Überfall im Nachttierhaus?«, bohrte Isy. »Wenn es nicht Herr Knöpfle war, dann war es eben Marcella!« Sie berichtete, wie sie Möhre damals in der Krokodilhalle genau beobachtet und gemerkt hatte, dass er sich verfolgt fühlte.

»Sicher! Aber nicht von Gangstern!« F. B. lächelte wissend.

Sie erfuhren, dass Möhre noch mehr Grund gehabt hatte auf der Hut zu sein. Schließlich war er in die Freundin eines Kollegen verknallt, mit der er heimlich Urlaub auf den Malediven plante. Den Schlag auf den Kopf hatte ihm der eifersüchtige Freund verpasst. Möhre hätte sofort den richtigen Verdacht gehabt und wäre abgetaucht. Allerdings ohne die Freundin des anderen und auch nicht auf den Malediven.

»Ist ja krass!«, staunte Amanda. »Bestellen wir nun endlich?«

»Erst will ich wissen, wie der Knöpfle das Gelege geklaut hat!«, protestierte Isy.

»Bin ich zum Essen oder zum Reden eingeladen?«, stöhnte Amanda. Aber dann lauschte sie doch, was der Kommissar erzählte.

Der fand, dass es keine Hürde für den Zoologen gewesen sei, an das Gelege zu kommen. Schließlich war er als Mitarbeiter des zoologischen Gartens kein Fremder im Tierpark und niemand misstraute ihm, wenn er aus beruflicher Neugier am Gelege der Wanderfalken auftauchte.

»Bis auf einen!«, sagte F. B. bedeutungsvoll und verriet, dass Herr Tengelmann den Osterdienst bei den Wanderfalken in der weisen Voraussicht übernommen hatte, dass Knöpfle handeln musste, solange die Eier frisch und noch nicht angebrütet waren. Angebrütete Eier ließen sich nämlich weit schwieriger und nur in Spezialbehältern transportieren, weil sie keinen Wärmeverlust erleiden dürften.

»Aber der Knöpfle wusste, dass Herr Tengelmann auf ihn angesetzt war!«, platzte Isy dazwischen. «Als er mich in dem grünen Uno zu Amandas Versteck fuhr, hat er extra unter der Maske geflüstert, damit ich ihn für Herrn Tengelmann halte!«

»Gut beobachtet, Isy! Dass Tengelmann ein Undercoveragent ist, hatte bereits Marcella Knöpfle durch intensive Beobachtung herausgefunden. Als alte Dame getarnt fiel es ihr leicht, nicht aufzufallen. Nicht einmal Tengelmann schöpfte Verdacht. Erst eure Perücken-Story machte uns klar, dass noch eine Frau mit im Spiel war.« Der Kommissar nippte an seinem Rotwein.

»Knöpfle wusste also dank seiner Schwester über Tengelmann Bescheid und auch, dass dieser regelmäßig zum Frühstück seinen mitgebrachten Tee aus einer Thermoskanne trank. Er brauchte sich also bloß auf diesen Vorgang zu konzentrieren und in einem günstigen Moment k.-o.-Tropfen in Tengelmanns Kanne zu füllen. Der Rest war ein Kinderspiel. Fritz Tengelmann trank ahnungslos seinen Tee und sackte zusammen. Waldemar Knöpfle tauschte blitzschnell das Gelege der Wanderfalken gegen vier ähnlich gefärbte, gleich große Gipseier aus und versteckte das echte Gelege in einem Pappei. Eine bessere Tarnung konnte sich der Bursche Ostern nicht einfallen lassen!«

»Hat Herr Tengelmann gleich den Braten gerochen, als er wieder zu sich kam?«, erkundigte sich Amanda gespannt. Sie schien vor Aufregung sogar das Essen vergessen zu haben.

»Dafür ist er Profi. Aber von Knöpfle fehlte jede Spur!«

»Wetten, dass Herr Rimpau gleich einen neuen Krimi schreibt, wenn er die Story erfährt?«, prophezeite Isy begeistert.

»Fragt ihn doch selbst!«, schlug F. B. vor und zu Isys größter Überraschung nahm in genau diesem Moment der Schriftsteller an ihren Tisch Platz.

»Gut getroffen!«, lobte der späte Gast und tippte auf das Zeitungsfoto. »Was hab ich doch für aufgeweckte Freundinnen!«

Jetzt wird er gleich meckern, weil wir uns nicht an das Versprechen gehalten haben, dachte Isy, aber Herrn Rimpau interessierte viel mehr, wie die Sache mit Monki ausgegangen war.

»Wir haben ihn vorhin zurückgebracht. Sein Frauchen hat nämlich damals am Haifischbecken die beiden Taschen vertauscht. Das war vielleicht ein frohes Wiedersehen!«

Grinsend erinnerte sich Isy an Amandas enttäuschte Miene, als sie sah, dass das Grufti-Girl auf einer ganz normalen Liege schlief. Nicht einmal eine schwarze Kerze, ein Kreuz oder wenigstens ein Totenkopf waren zu erspähen gewesen.

»Und wie haben Sie uns gefunden?«, fragte sie den Kommissar.

»Da kam doch Ostersonntagnachmittag diese pingelige Anzeige wegen ruhestörenden Lärms von vier Jugendlichen im Prenzlauer Berg über den Polizeifunk, deren Beschreibung mir, zumindest was die beiden Täterinnen anging, merkwürdig bekannt vorkam.«

»Also, dachte ich, das siehst du dir am besten mal selber an, Fred!«

»Gute Idee!« Amanda musterte beifällig F. B.'s schwarzes Shirt. »Armani, Herr Kommissar?«

»Versandhaus!«

»Ist trotzdem sehr schick!«, sagte Amanda gnädig. »Sie sollten immer Schwarz tragen!«

»Pssst!«, zischte Isy. »Frag Herrn Baltruschat oder Bauernöppel oder Bollerbusch lieber, wieso er plötzlich über das Dach gekommen ist?«

»Intuition!«, verriet der.

Als er nämlich zur Einsatzstelle gekommen sei, wäre ihm zunächst das leer stehende Haus in der Nachbarschaft aufgefallen. Seinem Instinkt folgend, hätte er es erst einmal genauer in Augenschein genommen und auf dem Boden des Hauses eine verriegelte Tür und schließlich ein geöffnetes Dachfenster gefunden. Die zerschnittenen Fesseln und die Glasscherben hätten ihm dann eine Geschichte erzählt, der er eigentlich nur noch nachzugehen brauchte.

»Und dann stand ich plötzlich auf dem Dach und überlegte, wohin ihr wohl ausgerissen sein könntet!«

Es folgte eine genaue Aufzählung seiner Schritte, die mit einem Sprung über ein Balkongeländer und einer unverhofften Begegnung mit einem Kaktus endete.

»Wie lautete doch gleich dein Kampfruf?«, kicherte Isy.

»War spontan!«, gestand Amanda. »Können wir nun endlich bestellen? Signore Georgio guckt schon dauernd!«

»Wir sollten dem Kommissar erst noch verraten, wer uns nun wirklich in den Ziegenstall gesperrt hat!«, sagte Isy.

»Meint ihr vielleicht die?«, fragte der und zeigte auf zwei Jungen, die gerade das Café betraten.

»Haben Sie die etwa auch eingeladen?«, murrte Amanda.

»Selbstverständlich! Schließlich haben sie ebenfalls dazu beigetragen, die Wanderfalken zu retten!«

Der Kommissar machte Signore Georgio ein Zeichen, dass er bestellen wollte. Dann rutschten auch schon Tannhäuser und Gummibärchen an den Tisch und berichteten stolz von dem Aufsehen, das der Zeitungsartikel überall ausgelöst hatte.

»Endlich steh ich mal positiv da!«, freute sich Gummibärchen und Amanda gab zu, dass ihre entsetzten Eltern sie am liebsten nie mehr in den Zoo lassen würden.

»Und wer fährt nach Philadelphia, wenn wir nicht mehr im Zoo recherchieren können?«, fragte Isy vorwurfsvoll.

»Wir!«, riefen Tannhäuser und Gummibärchen wie aus einem Mund.

»Das könnte euch so passen!«, klang es im Duett zurück.

»Hoho! Solche wie euch schlagen wir doch mit Links!«

»Und wir euch mit Rechts!«

»Wo ist das Problem?« mischte sich Herr Rimpau mit gefurchter Stirn in den Streit. »Ihr wart doch bis jetzt ein gutes Team? Da wär es doch nur logisch, wenn ihr diesen Beitrag gemeinsam macht!«

»Wir haben noch keine richtige Idee!«, antwortete Isy ausweichend.

»Wir auch nicht!«, nuschelte Tannhäuser abwehrend.

»Aber ich!« Herr Rimpau strahlte. »Macht doch einfach einen Zoo-Krimi draus! Erfahrung habt ihr doch jetzt.«

Einen Krimi? Eine echt coole Idee! Aber ausgerechnet mit denen, die sie in den Ziegenstall gesperrt hatten? Isy las in Amandas Augen, dass sie dasselbe dachte. Auch Gummibärchen und Tannhäuser sahen einander viel sagend an.

»Ich habe auch noch eine gute Nachricht!«, verkündete der Kommissar.

Noch eine?, dachte Isy froh. Sie hatte beim Frühstück heute Morgen schon eine gute Nachricht von ihrer Mutter erfahren, nämlich, dass die kurzfristig in einem Computerkurs untergekommen war.

»Die Polizei spendiert euch als Dankeschön für eure beispielhafte Zivilcourage ein prima Taschengeld für den Trip über den großen Teich. Jetzt müsst ihr bloß noch gemeinsam gewinnen!«

»Na, gebt euch schon einen Ruck!«, drängte auch Herr Rimpau erwartungsvoll.

Es war seltsam, aber in genau diesem Moment überfiel Isy und Amanda ein starker Reizhusten und auch Tannhäuser und Gummibärchen erlitten einen ungewöhnlich heftigen Schnupfenanfall. Das ging so, bis ein Tablett mit heißen, köstlich duftenden Bruschetta über ihrem Tisch auftauchte.

»Kleine Vorspeise vom Haus!«, strahlte Signore Georgio. »Buon Appetito!«

In den Sommerferien steckte die Post vier Ansichtskarten mit der gleichen märkischen Ortsansicht in die Briefkästen der Herren Rimpau und Baltruschat, Patrick Talke und Ruky König. Sie alle enthielten den selben Text:

»Viele Grüße aus Philadelphia! Wir haben es geschafft und mit unserem Zoo-Krimi die starke Konkurrenz aus dem Wettbewerb geputzt! Hier ist es Spitze! Es gibt viel zu sehen und wir lernen täglich Neues im Computerzentrum hinzu! Leider wird hier viel weniger Englisch gesprochen, als wir vermutet hatten, aber dafür liegt unser Philadelphia bloß 40 km östlich von Berlin. Trischi hat es die ganze Zeit gewusst und sich ins Fäustchen gelacht. Boston soll auch ganz in der Nähe sein! Wenn Tannhäuser und Gummibärchen Lust haben, machen wir morgen mit ihnen eine Radtour hin! Herzlichst

Isy und Amanda

Fiedler, Christamaria:
Risotto criminale / Christamaria Fiedler. –
Stuttgart; Wien; Bern: Thienemann, 1998
ISBN 3-522-16965-4

Reihengestaltung: Birgit Schössow
Einbandillustration: Birgit Schössow
Schrift: Stempel Garamond und Remedy
Satz: KCS GmbH in Buchholz/Hamburg
Reproduktion: Repro Brüllmann in Stuttgart
Druck und Bindung: Friedrich Pustet in Regensburg

6 5 4 3* 00 01 02

Thienemann im Internet: www.thienemann.de